陳舜臣

陈舜臣随笔集

英雄长在

〔日〕陈舜臣 著

佟一 译

中国画报出版社·北京

图书在版编目（CIP）数据

英雄长在 /（日）陈舜臣著；佟一译. -- 北京：
中国画报出版社，2020.10
（陈舜臣随笔集）
ISBN 978-7-5146-1767-2

Ⅰ. ①英… Ⅱ. ①陈… ②佟… Ⅲ. ①随笔—作品集
—日本—现代 Ⅳ. ①I313.65

中国版本图书馆CIP数据核字（2019）第156828号

英雄长在

[日]陈舜臣 著　佟一 译

出 版 人：于九涛
审　　校：崔学森
责任编辑：廖晓莹
责任印制：焦　洋
营销主管：穆　爽

出版发行：中国画报出版社
地　　址：中国北京市海淀区车公庄西路33号　邮编：100048
发 行 部：010-68469781　010-68414683（传真）
总编室兼传真：010-88417359　版权部：010-88417359

开　　本：32开（787mm×1092mm）
印　　张：6
字　　数：100千字
版　　次：2020年10月第1版　　2020年10月第1次印刷
印　　刷：德富泰（唐山）印务有限公司
书　　号：ISBN 978-7-5146-1767-2
定　　价：48.00元

目录

《史记》之旅

《史记》是中国极具代表性的一部史书，由西汉史学家司马迁所著，记录了从神话时代的黄帝到汉武帝的三千多年的壮阔历史。

司马迁是太史令司马谈之子，自幼受教，打下了学识的基础。二十岁和三十五岁时的两次远行，又为他积累了成为一名史学家所必需的经验，丰富了自身的文化素养，增长了见识。

司马迁的父亲中道病殁，于是他继承父亲遗志，执笔从文。虽然由于为不幸的李陵将军辩护而惨遭宫刑，但他依然忍辱含耻继续写作，终于在第十三年大功告成。

《史记》不仅是一部构思宏大、记述公正的史书，还因为其文中充满作者对不幸和悲剧的敏锐洞察与内涵，从而作为文学性书籍、思想性书籍而被后人阅读传承。

大旅行家司马迁

《史记》的作者司马迁是当时屈指可数的大旅行家。

> 迁生龙门，耕牧河山之阳。年十岁则诵古文。二十而南游江、淮，上会稽，探禹穴，窥九疑，浮于沅、湘。北涉汶、泗，讲业齐、鲁之都，观孔子之遗风，乡射邹、峄；戹困蕃、薛、彭城，过梁、楚以归。于是迁仕为郎中，奉使西征巴、蜀以南，略邛、筰、昆明，还报命。

以上是司马迁的旅行经历，是他本人在《史记》末尾《太史公自序》中记录的。据此记载，司马迁在做官之前就曾远游。做官后的出游，是以皇帝使者的身份，带有公务性质，这自不必说。至于做官前、年轻时候的旅行，虽然在这段文字中并没有提及，但具有奉父命外出收集资料的性质。

司马迁之父司马谈一直有将历史记载成文的愿望。他命儿子出游，其目的也是收集资料。司马谈在朝为太史令，职责在身，没有随意出游的自由。即便他申请休假，恐怕身体状况也不允许他远行。因此，他才让从十岁开始就学习古文、受过专业训练的儿子去搜集各地的记载与传闻。

司马迁的出生地龙门，并非洛阳附近、因为石窟而名震天下的龙门。龙是水神，因此在中国，与水有关的地方多以龙泉、龙江、龙门等命名。除了上文所说的洛阳龙门以外，在四川、广东、福建、内蒙古、甘肃、湖南等地也都有被称为“龙门”的地方。

司马迁的出生地龙门，位于今天的陕西省韩城县内，在黄河西岸。黄河的东岸则是山西省河津县。打开今天的地图，我们可以找到一个叫禹门口的地方。据传，上古圣人大禹曾在此凿洞放水。《水经注》记载，到南北朝的时候，仍能找到凿孔的痕迹。虽然不能确定是否是传说中大禹所为的，但可以肯定的是，上古时代确实有过如此大规模的治水工程。这里水流湍急，鱼无法逆流而进，但是传说鱼一旦溯流而上，就能化身为龙。

“登龙门”这个说法，就是从这个地名而来的。

那里离汾河和黄河汇合的地方很近，在古代史上也有着重要的地位。

由于父亲在朝中任职，司马迁应当很早就来到了长安。等到二十岁时，他便游玩于江淮（长江与淮河）一带。当然，所谓“游玩”也并非单纯的游览赏玩，他是在收集战国时代的记载。那时候还没有发明纸，他必须将木简或竹简上的记录誊写下来，这是一项难度极大的工作。

会稽山位于浙江省，离名酒产地、鲁迅的出生地绍兴很近。越王勾践就是在会稽山被吴王夫差的大军包围的。会稽山西侧的山体也叫龙门。既然叫龙门，那就少不了关于大禹的传说。传说，大禹死后就葬在会稽山的墓穴里。年轻的司马迁所要探寻的便是禹穴的所在地。他在这一带找到的吴越资料，想必在他后来撰写《吴太伯世家》《越王勾践世家》《伍子胥列传》时得到了充分利用。

之后，司马迁应该是溯长江而上，造访了湖南的九疑山，又泛舟于同样位于湖南的沅水和湘水。传说，九疑山是上古圣人舜的安葬之地。据传，舜的两位妻子得知丈夫的死讯后，悲伤过度，投湖自尽。

湘水注入洞庭湖。而在不远处同样注入此湖的汨罗江则是失意的屈原的自尽之地。司马迁肯定在这里搜集过用于撰写《楚世家》《屈原贾生列传》的资料。

接下来，他又向北渡过了汶水、泗水。汶水是一条流入山东半岛莱州湾的河流；泗水则流入同样位于山东省的南阳湖，孔子的故乡曲阜就在泗水流域。战国时代，汶水和泗水分属齐国和鲁国。据记载，司马迁曾在此地进行武者式的学术修行，观察孔子遗风。他的活动主要还是以收集撰写《孔子世家》所需的资料为主，汉代的儒者确实以此地出身者为多。泰山是进行封禅大典的重地，这段时间司马迁搜集来的资料肯定对撰写《封禅书》有所助益。

司马迁在曲阜附近的邹县峄山进行了乡射礼。据传，乡射礼是周朝的一种仪式，是乡里长老为了给周王举荐贤能之人而举办的。司马迁不仅收集到了相关记载，还亲自实践了这种古老的仪式。

从记载来看，司马迁在山东半岛的蕃、薛、彭城等地的旅行颇为艰难。之后，他经过梁、楚之地，返回长安。想来这次旅行定然成果丰硕。

成为郎中（侍卫官）后，司马迁奉皇帝之命，前往巴蜀之地，也就是今天的四川省。他环游了西南夷人的居住地域，教人归化。这段时期的经验，对他撰写《西南夷列传》起到了不可估量的作用。

出使大月氏国的使者——张骞

上文介绍的是《史记》作者的旅行，而在《史记》中的出场人物也是旅行不断。除去传说中的人物以外，《史记》中的头号旅行家当属张骞。

张骞是汉中人。汉中在陕西省南部，如其名，汉水流于其畔。汉水汇入长江的地方，不必说便是汉口。要出巴蜀之地（四川）而入中原，必须经过此地。这里也是项羽和刘邦灭秦之后，刘邦初被封为汉王时获得的封地，“汉”这个国号也由此得名。由于有此渊源，此地在汉朝被认为是建国之缘地。张骞初入长安时，在武帝朝中做郎中。前面提过，司马迁刚出仕时也是郎中。两百石俸禄的官，职位虽然不高，但是由于是侍卫官，有接近皇帝的机会，因而如果有才能的话，也是有升拔的机会的。

汉武帝当时在考虑用武力解决自曾祖父刘邦开国以来悬

而未决的匈奴问题。当年汉高祖在白头山（山西省大同市附近）被匈奴包围，订下了屈辱的和约。

根据投降汉朝的匈奴人提供的情报，月氏败于匈奴，国王被杀，其头骨被做成酒杯，因而月氏对匈奴恨之入骨。虽然月氏渴望向匈奴复仇，但苦于没有盟友，因而只能含泪隐忍。这对于汉朝来说实在是求之不得。向月氏派遣使者，缔结军事同盟，共同夹击匈奴——这个计划以前做梦都不敢想，但现在突然就能变为现实了。

朝廷为确定出使月氏的人选而进行征募，张骞积极响应。他从长安出发，不远万里，到达大月氏国，大约位于如今苏联的乌兹别克共和国[1]。

月氏本居于敦煌附近，由于败于匈奴，部分族人逃到西边，并建立了国家，被称为大月氏；而留在敦煌、臣服于匈奴的则被称为小月氏。

张骞出陇西（甘肃省），刚刚进入匈奴地盘，就被匈奴抓住并被扣留了。当时匈奴的首领是曾经大败汉高祖的冒顿单于之孙军臣单于。

1　原书出版于1986年，书中对“现今”的记述均以此年代为准，名称也保留原文中名称。（本书页下注均为译者注。）

月氏在吾北，汉何以得往使？吾欲使越，汉肯听我乎？

军臣单于扣留张骞时说的这番话，实在是理所当然。明摆着这个使者是要去缔结军事同盟夹击自己国家的，绝对没有眼睁睁地放他过去的道理。假如匈奴为了夹击汉朝而向位于汉朝之南的越派遣使臣，打算与其缔结军事同盟，汉朝会放行吗？

军臣单于口中的越，并非春秋战国时代的勾践统治的越，而是中国的南方——福建和广东一带，这一带统称为闽越。那时候广东有一个南越国，虽然将其王子送到长安做人质，向汉朝称臣，但姑且还算独立。此南越国是在元鼎六年（前111）灭亡的，那时候张骞已从西域返回。

张骞被匈奴扣留，一扣就是十几年。他离开长安的时候，还带了一个叫甘父的匈奴人，其在张骞被扣留期间可能也派上了某种用处。张骞娶了匈奴的女子为妻，各方面都与匈奴人一般无二，于是匈奴人的警惕心逐渐松懈，最终使他得以逃脱。

匈奴是游牧民族，所以张骞的居所肯定也几经迁徙。关于他逃出后的行程，《史记》只有如下记载，没有详细记载其路线。

西走数十日，至大宛。

虽然军臣单于说“月氏在吾北”，但是张骞并没有北上，而是西行，是因为在他被扣留期间月氏迁移了的缘故。月氏先迁至现在以新疆维吾尔自治区伊宁市为中心的伊犁地区，但是那里当时是乌孙国的势力范围，于是月氏继续南下到中亚、今天的撒马尔罕附近定居。看来，这些消息连被扣留的张骞都听说了。

虽然具体路线不明，但是我推断他可能是依次穿过新疆的哈密、吐鲁番、库车、阿克苏、喀什，越过今天的中苏边境，沿着捷列克山道进入费尔干纳。取道天山北路的路线也不是不可能，但那里是驱逐了大月氏的强国乌孙所在之地。选择从与最终目标国关系并不友好的国家通过肯定不是明智之举。天山南路则全是小国。

《史记》中所说的大宛，位于今天的苏联乌兹别克共和国的费尔干纳市附近，这是不会有错的。与天山南路上的绿洲国家一样，大宛也是一个小国。在那里张骞并没有遇上什么麻烦，最终得以从大宛经过康居，到达大月氏。

大月氏既得到了肥沃的土地，又获得了商业民族大夏这个附属国，已经完全安定下来，且对现状颇为满足。他们不愿意再次失去从故地敦煌漂泊万里而来最终辛苦得来的和平，对向匈奴复仇已经失去了兴趣。

因此，张骞缔结军事同盟的目标无果而终。不过，当时汉朝已经凭借自己的实力，依靠卫青、霍去病等名将，在对匈奴的战争中取得了优势。

关于张骞返回的路线，《史记》有如下记载：

> 并南山，欲从羌中归。

也就是说，张骞沿着南山，即昆仑山脉的山麓向东而行，依次经过喀什（疏勒）、莎车、和田（于阗）、楼兰，打算从柴达木穿过甘肃。虽然从楼兰去敦煌是顺路，但那里是匈奴的势力范围，无法通行。但没有想到的是，本以为相对安全的青藏也处于匈奴势力的影响之下，张骞又一次被扣留了。

这期间，由于军臣单于过世，其弟伊稚斜与军臣的太子于单对立，导致匈奴发生了激烈的内乱。这两派的对立波及其整个势力范围，于是张骞得以趁乱逃出。

离开长安十三年后，张骞终于回来了。出发的时候有侍从百余人，回来的时候只剩下甘父一人。不过当然，出发的时候张骞并没有家人陪同，而现在他匈奴出身的家人第一次踏上了长安的土地。

虽然后来也有求法僧旅行至那一带，但在汉代以前，张骞的远行绝对是空前的。

> 骞为人强力，宽大信人，蛮夷爱之。堂邑父故胡人，善射，穷急射禽兽给食。

《史记·大宛列传》中如是记载。多亏了张骞的人格、耐力及甘父的忠诚，这次远行才得以大功告成。虽然没有成功缔结军事同盟，但通过他的这次远行，汉朝得以对西域的情况有所了解，此乃一大收获。后人将此赞为“张骞之凿空”，意思是在一直堵着的地方凿出了一只眼，从而能看到对面。

在此之后，张骞还参加了对匈奴的战争，并在其中充分运用了自己的经验。

合纵连横时代的游说家

张骞出使西域是一次超远距离的重大出行。与之相比，战国时代的游说家们，虽然出行的距离没有张骞远，但是他们的旅行也是东奔西走，颠簸反复。他们被称作纵横家（精于合纵连横手腕的外交家），代表人物是苏秦和张仪。

苏秦生于洛阳，张仪则是魏国人，他们都是中原出身，而且都曾师从鬼谷先生。鬼谷先生是一个充满谜团的人物，其身世经历不明。《史记·苏秦列传》中，关于苏秦有这样的记载：

> 东事师于齐，而习之于鬼谷先生。

从这一记载来看，鬼谷先生似乎是齐国的先生。齐国的太公望吕尚素有智谋之名。司马迁在《史记·齐太公世家》的末尾处有如下记载：

> 吾适齐，自泰山属之琅邪，北被于海，膏壤二千里，其民阔达多匿知，其天性也。

与邻国鲁国重仁义不同，占据了山东半岛大部分的齐国人多聪明智慧，其中更有如鬼谷先生这样的向中原人传授智谋的人。

虽然鬼谷先生其人如何不得而知，但从他的两个大游说家弟子的行动来看，他似乎是这样教导他的弟子的：为了达到政治上的目的，仁德均可以弃之不顾。从弟子二人的作为来看，他们仿佛是马基雅维利[1]主义的化身。

魏国出身的张仪去了楚国。楚国当时正面临中原联盟的威胁。当然，如果站在中原的角度上说，也可以说南方的楚国给他们的压力很大。总之，楚国（大约位于今天的湖南一带）在诸强争霸中有着举足轻重的地位。

张仪是从哪里去的楚国、为何去了楚国，《史记》没

---

1 马基雅维利（1469—1527），意大利政治家、历史学家，代表作为《君主论》，主张个人为达成其目标，可以不择一切手段。

有告诉我们这些细节，因为还有很多事情比这更有记载的必要。据说，苏秦在向鬼谷先生求学之后曾流浪数年；张仪也并非出徒后就马上去了楚国，而是游说于各诸侯国之间。值得大书特书的，是他到了楚国以后的事情。

在战国时代，除了七雄以外，还有一个名存实亡的周王室。那时候各国国境线附近的状况究竟如何呢？从孟尝君鸡鸣狗盗逃离秦都、成功通过关隘的典故来看，那时应该是有国境线和国关的。但是只要听到鸡叫就开门，而且看起来对于出入境也没有什么严格的盘查。战国七雄对抗的时代，各国之间的出入往来其实相对自由，游说家们也就得以四处奔走。

游说家自然也分三六九等。其中级别较高的那些人既是职业外交官，同时也是军使，想必他们出入境非但不受限制，反而能享受许多优惠政策。但是，张仪最初进入楚国的时候，其在游说家中其实处于下等。他也许把自己当成一个游说家，但对于接纳方来说，他不过是一个居候，也就是食客。

但是，食客也分三六九等，待遇上有高低之别。张仪在楚国宰相的府第中饮酒，结果被人怀疑偷了宰相珍藏的玉璧，挨了好几百鞭子。

张仪有一件逸事。他的妻子叹息说：“你要是不读书游说，怎么会遇到这种事呢？”张仪把舌头一吐，说：

视吾舌尚在不？

妻子回答：“当然在了。”于是他回答：

足矣。

这就是挨鞭子之后的记载。可见，他对自己的口舌之才有着绝对的自信。

在此之后，他蒙人举荐，去了赵国。因为同样师从鬼谷先生，但才能稍逊于他的苏秦在当时已经在赵国获得了重用。

张仪挨鞭子后离开的那个楚都，当时的名字叫郢，大约在长江与清江的交汇处、湖北省宜都县往东不远的位置。赵都则在邯郸，即今天河北省南部的邯郸市。郢和邯郸之间有相当的距离。楚和赵的国境不接壤，所以不管怎样选择路线，必须取道韩或者魏，或是国力已经变弱的周或卫。

提到邯郸，我们总是会想起邯郸梦[1]的典故。日本的能剧里也有一首曲名叫“邯郸”，可见这个地方的知名度很高。这个典故说的是有一个叫卢生的青年，在邯郸一家客栈里午睡，梦见自己接受皇帝让位而做了皇帝，过了享尽荣华富贵的五十年。等他醒来后，发现才刚刚过了煮熟一锅小米粥的时间，于是突然醒悟。不过，唐朝李泌的《枕中记》中的描写更为详细。在梦中卢生成了进士，当上了节度使，高升至宰相，又得到了赵国的封地，一直到死。大约是因为邯郸这个地方是从河北平原进入中原的交通枢纽，而且又通山西，所以才会因为诸如此类的旅行者的故事而闻名。

且说张仪虽然到了邯郸，却遭到了苏秦的羞辱，一怒之下去了秦国。赵和秦虽在北部接壤，但从那里走要绕很远的路，所以他应该还是取道魏国去的。

秦都曾设在栎阳，后来在孝公时迁至咸阳。

咸阳位于渭水以北。后来成为汉唐都城的长安在渭水以南，二者相距不远。

中国地名中的“阳”，指的是山的南面或水的北面。日本也称山的南面为山阳，山的北面为山阴。洛阳就位于洛水

1　即“黄粱一梦”。

以北。咸阳在渭水以北，自然是“阳”，同时又位于九嵕山的南面，两边都是“阳”，因此就得名“咸阳”了。

张仪事于秦，主要研究的是楚国问题。楚国的大臣分成了两派：一派是亲齐派，认为楚应联合东边的大国齐国以巩固自身北方大国的地位；另一派是亲秦派，主张与北方的秦国联合维持和平局面。两派互相对立。屈原属于前者，但是亲秦派得到了张仪的支持，最后屈原遭到流放。从楚国归来的途中，张仪又对韩王进行了游说。

张仪成为秦国的宰相，后来又当上了魏国的宰相。他出使齐国，向西游说赵国，向北游说燕国，可以说是纵横七雄之间，大展辩才。

苏秦着力于联合六国以对抗强秦，他称此为“合纵”；与之相反，张仪则提出了“连横”战略，即强大的秦国应分别与其他六国建立友好关系。这两位大游说家，都可谓是以天下为舞台，为实现自己的梦想而东奔西走的旅行家。作为国君使节，他们受到的是宰相待遇，旅行中想必侍从甚多。《史记》记载，张仪是从秦至齐，从齐至赵，再往北赴燕，最终回到秦，是一种点到点的描述，并没有形成线的层面上的记载。但是如此兴师动众的出行，旅途本身应该没有遇到什么困难。这一点跟张骞靠打猎为生、通行于匈奴和羌人等敌对政权的领地、穿越在沙漠和雪山之间的艰苦卓绝的远行是无法相比的。

壮士一去兮不复还

同样是奉主之命出行，人和人也不一样，比如荆轲的出行就带着去而不返的悲壮色彩。根据《史记·刺客列传》记载，荆轲是魏国人，不过其先祖是齐人，后来去了燕国。张仪和苏秦是通过自身的智谋与辩才，游说诸侯，一展宏图的，但也有人打算靠武艺和胆魄游于诸国，荆轲自然是其中一人。

那时，燕国正不堪于来自西方的压力，燕国太子丹计划通过刺杀秦王政（始皇帝）来一举扭转局势。

据《史记》载，公元前1027年前后，周武王灭掉殷商，把北燕之地封给召公，召公的子孙世承国祚，延绵至战国末期。然而，直到被秦灭亡为止，这八百年间不知发生了多少故事，却没有详细的记载。可能是因为那里远离中原，较少被卷入各种纷争之中，所以没有发生太多值得一提的大事件。也有说法称，可能是因为燕国与中原之间有塞外民族活动，燕国发生的事情很难传到中原来的缘故。

随着时代的变迁，可能有过不止一个燕都，但是至少有一个应该位于现在的北京市一带。今天北京仍有一个雅称——燕京。

由于燕国远离中原，如果它想要拓展疆土，只需向拥有肥沃土地的辽东扩张即可，无需与西边诸国争雄。但是，进入战国末期，天下趋于一统，形势逐渐改变。据传，公元前334年，大说客苏秦来到燕国对燕王展开了游说。

秦国连破诸国，吞并其领土，从西面逼近燕国，燕国的西边已经被逐渐蚕食，于是燕国太子打算通过刺杀行动阻止这种不利局势的发展。

被挑选出的刺客荆轲在渡过易水的时候，唱出了这句千古流传的歌词：

风萧萧兮易水寒，壮士一去兮不复还。

荆轲唱罢，坐上马车，再也没有回头。

从燕国的易水到秦国的咸阳也是一段不短的路途。即便在今天，从北京站坐火车出发，到西安也已经是第二天早上了。

那时的车是马拉的，但是各国车轴宽度不一样，这是有意而为之的。战国末期，应该是赵国最先开始“胡服骑射”，即运用骑兵作战，而之前一般是使用战车作战的。战车自然是由多匹马牵引的，各国为了防止他国的战车部队入侵，因而把车轴设计得宽度各异。车轮的痕迹深深地印在道路上，如同轨道一般。前进时，要将车轮嵌在车辙里，所以规格不匹配的车便不能通行。

为了去秦国，荆轲肯定要四处换车。但是荆轲在咸阳宫中的刺杀以失败告终，本人被杀。即便刺杀成功，他也绝无生还的可能。

派遣刺客的行为反而激怒了强秦。秦国拜王翦为将，向燕国大举进击。燕都陷落，燕王逃到辽东，之后将太子丹的首级献给了秦。然而，秦军的锐气并未因此而减退。这已经是国家之间的政治对抗，与个人恩怨无关了。

辽东指的是辽河以东的地域，包括辽东半岛。士气正盛的秦军一直追杀到那里，俘虏了燕王喜，于是燕国成为周王族姬氏诸国中最后一个灭亡的。秦国将军换成了王贲，其父王翦攻下江南之地，降伏了百越的首领，时为秦始皇二十五年（前222）。

第二年，王贲从燕地回师攻齐。进入齐都临淄时，据说几乎没有遇到什么抵抗。

德兼三皇，功过五帝。

“皇帝”一词从这句话中诞生。秦王政自封为“始皇帝”。

病倒在路上的始皇帝

虽说天子君临天下，但由于统治的地域过于广阔，因此要向各地派遣官员进行管理。日本也有“代官”这样的说法。为了确保这些官员恪尽职守，天子要不时地巡视地方，这也是天子的职责所在。

这，叫作“巡狩”。

《孟子》关于“巡狩”一词有这样的解释：

> 天子适诸侯，曰巡狩。巡狩者，巡所守也。

这里将“狩”解释为与“守”相同，这种解释很有儒家重文轻武的色彩，其实还是应该解释为狩猎比较自然。

古代君王举行的狩猎，说白了就是军事训练。而一边进行军事训练，一边巡视治下各地，那就是“巡狩”了。

《史记》中有一位旅行者我们绝不应当忘记，那就是秦始皇。他以天子的身份巡狩天下，而且，他所统治的土地之广是前所未有的。秦始皇自己肯定也很喜欢出游，即便是天子的职责，如果自己不喜欢，是不可能完成如此规模的大型巡游的。

灭掉齐国、一统天下后的第二年，也就是秦始皇二十七年（前220），他就早早地开始了巡狩。据记载，他巡视了陇西、北地，到达鸡头山，又通过了一个叫回中的地方。陇西是今天的甘肃省。由于秦已经据有巴蜀之地，因此这第一次巡狩，不是去刚刚征服的土地，而是前往早已纳入秦国版图的地区，这应该是为了巩固原有的地盘吧。

第二年，即秦始皇二十八年（前219），巡狩的则是新的领土，而且是统一天下的过程中最后征服的山东半岛一带。由此可以看出秦始皇的自信。

秦始皇登上邹县的峄山，正是第一篇中介绍的青年时代的司马迁在旅途中“乡射邹峄”的地方。秦始皇在那里树立了石碑，以彰显自己的功绩。秦始皇巡狩的目的之一，就是在各地立碑，将自己的伟大功业传于后世。

之后，秦始皇举行了著名的封禅大典。从司马迁举行乡射礼也可以看出，那一带是仪式圣地。秦始皇召集鲁国的儒生，向他们垂询有关封禅大典的情况，众人说法不一。于是，秦始皇令儒生退下，以自己理解的方式举办了封禅大典。这还真像他一贯的作风。

秦始皇登上泰山，立起石碑。归途中遭逢大雨。在树荫下休息时，他赐予那棵树五大夫爵位。直到今天，那里还生长着几代甚或是几十代后的五大夫松。

《史记》全文收录了立于泰山上的石碑碑文。走下泰山，秦始皇沿着渤海向东而行，登成山，再登芝罘山，同样立起石碑。接下来他登上琅琊山。因被那里的山色风光吸引，停留了三个月。

看来秦始皇不仅喜欢出游，而且十分喜欢登山，堪称始祖级登山爱好者。他尤其中意琅琊山，那里的石碑上的碑文写得很长。而且不知道是不是觉得琅琊山的附近太荒凉寂寞，他还强行将三万户百姓迁到山麓中。百姓虽对此怨声载道，不过秦始皇给了他们免税十二年的优惠政策。

归途中，秦始皇经过彭城，到达湖南衡山，经其南部泛舟于长江，最后到了湘山祠。在那里他们遭遇了暴风，行路颇为艰难，因此秦始皇对湘山之神，即圣人大舜的妻子湘君十分不满。他动用了三千个囚犯，将湘山的林木砍伐殆尽。然后他北返经过武关，最终回到都城咸阳。

第二年，即秦始皇二十九年（前218），秦始皇再次东游。在河南的博浪沙（“浪”亦作“狼”），有人向他投掷铁椎，略微投偏，假如命中将足以致命。这是韩国遗臣、后来成为刘邦的参谋的张良雇用的力士投掷的，针对这次暗杀未遂行动，一场大规模搜查持续了十天，但最终没有找到刺杀者。

这一年，秦始皇再次登上芝罘山立碑。之后从琅琊经过上党回到都城。

之后的两年时间里，秦始皇虽然没有远游，却微服私访于咸阳街巷之中，还发生过遭遇贼人的险情。话说回来，连国都里都这般不安宁，他居然还能离开咸阳去远游。

秦始皇三十二年（前215），秦始皇前往碣石山（河北省），按照惯例在碣石门立起石碑。这里正是当年派遣刺客荆轲的燕国的故地，人们的反秦心理应该是很重的。秦始皇立碑也许是因为并不把他们的反秦情绪放在眼里，也许正是为了消灭这种反秦情绪而展示恩威的。

秦始皇三十七年（前210）是秦始皇一生的最后一年。在这一年的十月癸丑日，秦始皇再一次出游了。顺便一提的是，秦国的历法以十月为年初，九月为年末，也就是说刚过新年他就上路了。

秦始皇从咸阳出发，向南到达湖北云梦，之后继续向南，远眺湖南的九疑山，并在那里祭祀了大舜。之后坐船沿长江而下，到达钱塘（浙江省），登上了会稽山。当然，他在那里也同样立起了为秦国歌功颂德的石碑。

司马迁在会稽山探寻过舜穴，而秦始皇也在那里祭祀了大禹。然后他经过吴地，渡过长江，又去了他爱得至深的琅琊山。然后他向北到芝罘山，沿着海边到达一个叫平原津的地方，在这里他染了病。平原津在今天的山东省，他从那里急忙返回。七月丙寅日，秦始皇病死于沙丘的平台，那里已经是河北省境内。

不知道这算不算是得遂所愿，喜欢旅游的秦始皇最终死在了旅途中。

逃亡之旅

秦始皇似乎打算即便是死后，也要在另一个世界继续他的远游。秦始皇陵附近的兵马俑坑中，出土了大量的真人大小的战士俑，一时间成为热门话题，至今想起还宛若昨日新闻一般。

多达数千具的战士俑，应该是秦始皇在另一个世界出游的随从吧，他肯定希望自己死后还能像生前一样四处旅行。

秦始皇的出游，其目的除了视察治下地域、立碑颂德及登山以外，还有对新领土上的居民施加威压，因此其规模肯定庞大至极。

堪与这一帝王之旅相提并论的，恐怕只有逃亡之旅了。这其中最具有代表性的，当属春秋时期晋文公重耳的逃亡生涯。

春秋时的晋国是列国中的最强国，由于地域过于广大，最后在战国时代分裂成韩、魏、赵三国，从此又被称为“三晋”。身为晋国国君晋献公之子的重耳之所以不得不逃离故国，踏上逃亡之路，也是出于一个很老套的原因：家庭内部斗争。而同样很老套的，斗争中有一位美女，她的名字叫骊姬。

重耳逃到了狄地，因他的母亲是狄地女子。晋国与北方塞外民族狄接壤，并且与他们通婚。由此看来，那个时候的民族偏见并不是很严重。那时的重耳已经四十三岁了，他在母亲所在的狄地生活了十二年，但是其弟夷吾在故国继位后，派刺客去刺杀他，结果他不得已踏上了流浪之旅。

重耳到了卫国，但卫文公对他很冷淡。在经过一个叫五鹿的地方时，由于腹中饥饿，重耳向一个农民乞食，结果农民把一块土装在碗里给他。对于逃亡之人来说，世事可谓艰难。

他终于进入了齐国，定居下来，还娶了齐恒公家族中的少女为妻。重耳只想在齐国悠哉地过日子，但是他身旁被称为“五贤”的赵衰、狐偃、贾佗、先轸和魏武子，执意要与他一起竖起反旗，于是趁他喝得大醉的时候把他架到车上，带出了齐国。

经过曹国时，曹共公对重耳做出了无礼之举：由于重耳生有很少见的骈肋，曹共公在他洗澡的时候偷窥他的裸体。在宋国，宋襄公尽管在与楚国的战斗中战败并负伤，但还是热情招待了前来投奔的重耳。郑国的郑文公并没有礼遇重耳。楚成王款待了重耳，并把他恭送到了秦国。

逃亡者的内心总是寂寞的，这种时候，最能看透人情世故。重耳去了秦国之后，时隔十九年，终于回到了晋国，即位做了晋文公，此时他已经六十二岁。

前面已经说过，晋国是一个超级大国，重耳成了晋国的国君，也就成了春秋时期屈指可数的霸主之一。文公重耳开始出兵讨伐那些当年流亡时对他冷眼相待的国家。他消灭了卫国，拿下了五鹿，攻克了曹国。

楚国也是晋国必须与之一决胜负的对象。重耳当年在楚国曾受到款待，因此他在对楚的战争中，后退三舍（一舍是三十里）之后再开始战斗，算是报答当年的恩情而主动让步。“退避三舍”这个成语就来自这个故事。

重耳经过郑国的时候，郑国的国相叔瞻建议郑文公厚待他，但文公却没听进去。

诸侯亡公子过此者众，安可尽礼之！

郑文公这样说道。从这句来自《史记》的记载来看，像重耳这样远离家乡，踏上流浪逃亡之路的诸侯公子似乎不少。

无论哪国都有王室家族斗争，一旦祸起萧墙，败者就不得不逃出故国，否则命就不保。既然只有一位公子能够即位，不能即位的公子自然占据多数。即便不与即位的公子为敌，也会被视为引发谋反的定时炸弹。留在本国，对于国君来说是眼中钉，对于本人而言也是终日惴惴不安，不知何时就会被杀掉。

重耳在母亲出生的狄地生活了十二年，又在齐国过了一段舒服日子，并且一路上有五贤作伴，不得不说他在逃亡公子里还算是比较走运的。

刘邦走向天下的旅程

虽然《史记》中提到的不多，但当时应该是有往来于各国之间的商贾存在的。他们在各国物产和文化交流中起到了很大作用。

统一中国的无疑是秦始皇，但行走在路上的商人们做出的贡献，也为统一中国打下了基础。

据说，事于越王勾践的范蠡，在越国灭掉吴国之后，泛舟到达齐国，在那里改名换姓，成了一名商人。齐人听说范蠡素有贤名，想请他当宰相，于是他又离开那里，逃到一个叫陶的地方。关于他的旅途，《史记》中就记载了这么多，但这只是因为那时的士大夫对物资流通等问题不太关心，所以并没有留下记录而已。

除了商人以外，还有人被强行推上旅途，比如发生战争时被强行征调的士兵、为修建大型工程而从各地强行征用的民夫等。逃亡的公子由于其身份关系，离开故国时还能带上许多维持生活的财物，而兵卒和民夫的旅途肯定远比其更加悲惨不堪。

汉高祖刘邦出任沛县亭长这样一个职位极低的小官时，他的工作任务之一，就是把从他管辖的土地上征调的民夫带到咸阳。那时候，适逢秦始皇正为自己在骊山修建巨大的陵墓，因此向各地大量征调民夫。

说到秦始皇的大工程，其一是万里长城，其二便是骊山陵墓了。

> 高祖以亭长为县送徒郦山，徒多道亡。自度比至皆亡之，到丰西泽中，止饮，夜乃解纵所送徒。曰："公等皆去，吾亦从此逝矣！"徒中壮士愿从者十余人。

以上摘自《史记·高祖本纪》，这其实可以说是刘邦事实上的举兵起事。作为下等差役，把民夫送到骊山的途中，民夫一个又一个地逃跑了，他意识到照这样下去，等到目的地时民夫就全跑光了。于是，刘邦在丰西一个叫泽中的地方，终于下定决心，并痛饮了一场。

如果不能把民夫如数送达，他自己也要受到惩罚。既然民夫逃跑了，他也要逃跑。他豁出去了。

到了晚上，他释放了民夫，并且说，你们赶紧逃跑吧，我也要逃跑了。

由此可以看出，民夫和兵卒中逃跑的人应该很多。毕竟秦国的施政原则是法律从严，其严刑峻法是出了名的。

既然左右都是挨罚，那还不如跑了好。谁都会这么想。

逃跑的兵卒和民夫，如果不组织成团队就非常危险。于是，逃跑的人就结成一伙，成为土匪。山林之中也会有猛兽，大家一起行动就不害怕了。

刘邦看上去是一个靠得住的老大哥，有十多人自愿当小兄弟。从此开始，他便有了相当于“家臣”的追随者。

后来，陈胜吴广起义，沛县长老们陷入一片慌乱，不知如何是好。

踏上逃亡之路的刘邦，最后还是在自己的故乡附近建立了根据地。

刘季之众已数十百人矣。

这是起初的情况。后来，他的追随者越来越多，以至于县里的差役萧何和曹参以樊哙为使，专门与刘邦进行了商谈。

经过诸多曲折，最后刘邦举县竖起了反旗。出过远门、见过世面的刘邦逐渐取得了人们的信任和依赖，职位在他之上的萧何和曹参也成了他的部下。

《史记》中记载了各种各样的旅途，每一趟旅途都有值得一提之处，但刘邦的旅途尤其引人入胜。虽然《史记》没有明确记载，但刘邦的这种旅行肯定重复过多次。在这个过程中，想必他也去过骊山的施工现场，与从各地召集来的人有过大量的交流。他在旅途上获得的经验、积累的见识，想必是他夺取天下之道路上的一笔宝贵财富。

三国之旅

《三国演义》（又名《三国志通俗演义》）是明代长篇历史小说，作者罗贯中为元末明初的小说家。

其故事以东汉末年、三国时代的魏之曹操、吴之孙权和蜀之刘备三位英雄逐鹿天下的历史为基础，并集合了民间传说、说书故事、诸多戏曲和插画本等题材编写而成，具有极高的文学价值和积极的社会意义。

那是一个宦官把持政权、统治者威严扫地、灾害频仍、各地农民暴动不断的时代。善恶交锋，军阀混战，小说生动地描写了沉浮兴亡的统治集团之间的矛盾与纠葛。

三位帝王的故乡

三国的故事是以整个中国为舞台的，因而“三国之旅”会横跨整个中国，甚至超出中国地域。东吴黄龙二年（230），孙权命将军卫温、诸葛直率甲士一万人，跨海去取夷洲和亶洲。夷洲和亶洲到底在哪里，一直以来众说纷纭。亶洲是当年秦始皇派遣徐福前往的地方，因而被认为是日本。当然，由于亶洲太远，吴将未能抵达，只到了夷洲。夷洲可能是琉球，也可能是台湾。

东吴渡海远征，是为了去当地强抢人口。也许是战乱的缘故，东吴一直苦于人口不足。东吴渡海远征虽然失败了，但九年后，日本的倭国女王卑弥呼却派遣使节到了魏国。记载这件事的文献，我们一般称为《魏志·倭人传》，但其实正式说法应为《三国志·魏书·乌丸鲜卑东夷传》中的“倭”条目。

就这样，三国故事的世界在中国延伸到了每一寸土地，一直延展到日本。

在故事化了的《三国演义》中，刘备的蜀汉被视为正统。但正史《三国志》则奉曹魏为正统，因为作者陈寿是晋人，而晋朝继承了曹魏的衣钵，因此必须把曹魏放在正统地位。正史《三国志》中，曹操之死称“崩”，刘备之死称“殂”，孙权之死则称“薨”。

编年史《资治通鉴》的撰写原则，是称大一统天下的帝王之死为“崩”，称乱世称霸的帝王之死为“殂”，称诸侯之死为“薨”。《资治通鉴》里，曹操、刘备、孙权之死均称为“殂”，也就是把三人均看作乱世之主了。

我们来查一查这三个人的户籍出身吧。

曹操出自沛国谯县，汉高祖刘邦也是沛地出身，但是汉朝实行封国制，沛地成为沛国，范围得以扩大。刘邦在沛县出生，在丰县长大成人。这两地在汉朝时都成了沛国的一部分，谯县则被认为位于今天的安徽省亳县一带。东汉年间的沛国，以现在的行政区划来说，大约跨于江苏、山东、河南、安徽四省交界处。东汉时沛虽然属于豫州，却位于徐州和兖州境内；再往前，追溯到战国时代，这一带则位于楚、齐、宋、韩的交界处。虽然没有详细记载，但战国时这个地区的归属可能曾在楚国和齐国之间来回变更。在这种政治局势复杂的土地上成长起来的人，可能天生就有一股韧劲，容易成长为政治家。汉高祖刘邦、魏武帝曹操均出自沛地，也许不是偶然。

蜀汉的刘备是涿郡涿县出身。当时那里属于幽州，现在位于河北省境内、北京市西南。现在也有一个地名叫涿县，因出土北京猿人化石而闻名于世的周口店就在其附近。战国末期，受命于燕国太子前去刺杀秦始皇的荆轲，所唱的“风萧萧兮易水寒，壮士一去兮不复还”中的易水，就在涿县的南边流淌着。

据《三国志》所载，刘备是汉景帝之子中山王刘胜的后裔。

战国时期，一个叫白狄的塞外民族建立了中山国，该国位置大约是从涿县的南边到保定市之间的一带。白狄的中山国虽然被赵所灭，但最近人们发现了那个年代的王陵，一时间成为话题，出土的文物还曾经在日本展出。

汉代，有皇族在中山国被封为王。据《汉书》所载，中山国有十四个县，汉初为郡，汉景帝时则为国。景帝子嗣众多，光是儿子就有十四个，因此将皇太子（后来的汉武帝）以外的十三人在外封了王。武帝的庶兄刘胜便成为中山王。

他的坟墓于1968年重见天日，其坟墓位于满城，遗骸（已经化为骨灰）上覆金镂玉衣。刘胜的金镂玉衣，我曾在北京故宫博物院见过。《汉书》这样描述此人：

胜为人乐酒好内，有子百二十余人。

刘胜跟有十四个儿子的景帝完全不是一个级别。他生了一大堆儿子，最后死于公元前112年。

号称是其后裔的刘备生于公元161年，距离其祖刘胜之死已有273年之久。在这么长的时间里，刘胜的120多个儿子的后代不知繁衍到什么地步。就拿离我们最近的清朝来说，王朝创立两百多年以后，宗室已有两万多人，以至于其俸禄对国家财政形成了极大压力。

刘备虽说是汉朝皇室后裔，但其父亲死了，他也不得不以织席贩履为生，日子过得十分贫穷。

与关羽一起追随刘备左右的张飞是刘备老乡，也是涿县出身。关羽是河东郡解县人。解县离今天的山西省临晋县很近。附近有一个解池，因解池产的盐量多质优，被称为解盐。《三国志》中这样记载关羽：

亡命奔涿郡。

也就是说他是来到涿郡之后认识的刘备。但是，对于关羽为什么逃亡，没有任何记载。

在汉代，盐是政府垄断的，贩卖私盐会遭到重罚。有史家推测，关羽逃亡也许跟贩私盐有关。

东吴的孙坚、孙策、孙权是吴郡富春人。浙江省杭州市的西南约三十千米有一个富阳县，那里就是曾经的富春。东晋时由于“春”字要避晋朝郑太后的名讳，因而此地被改名为富阳。从旁边流过的河流至今仍被称为富春江，该河在杭州市一带变成钱塘江，注入杭州湾。

据《三国志》记载，孙氏父子是兵书《孙子》的作者孙武的后裔。那一带在春秋时期是吴越之地，其文化与黄河文明略有不同。孙权绰号为“碧眼儿”，据传，他一出生即方颐大口，目有精光，身怀异相。

东吴孙氏父子的故乡是风光明媚的水乡。在三国之中，东吴素有水军强悍之名。可能因为是在水乡长大的，所以当人口过少时，便会想到出海抢人。

关羽的怨灵

三国的故事从东汉末年开始。东汉都城为洛阳，这座古都是故事的重要舞台。

当时，佛教刚刚从西域传入汉地。虽说是传入了，但其信徒仅限于为贸易往来而暂居于汉地的西域人，汉人只把其当成奇珍异物。

三国时代的洛阳也有佛寺。

一般认为，中国最早的佛寺是洛阳的白马寺。东汉明帝在梦中见到一位金色的神人，大臣傅毅说是西方的胡神，因此他派遣使者去求胡神之法（佛教）。使者带着经文与天竺僧人回到洛阳，使白马寺得以建立。据传，这是永平十年（67）的事情。

由此，佛教正式传入中国。但在此之前也有往来的西域人，也就是说之前也有佛教信徒。

根据《洛阳伽蓝记》等古老文献中的记载，白马寺位于洛阳西阳门外三里的御道（天子外出行幸专用道路）附近。

直到今天，那个地方依然有一座白马寺，只是外观和规模不比创建当年。它现在位于洛阳市的东北，并非白马寺移动了，而是城市的位置变动了。这次城市的位置变动发生在隋炀帝年间，即7世纪初。本来位于白马寺东边的古洛阳城移到了白马寺的西边，仿佛从白马背上跨过去一样。

今天的洛阳市是一个人口约八十万的中等城市，市区人口五十万，城郊人口三十万，有一个著名的生产拖拉机的工厂。

据说白马寺在北魏末年，即6世纪中叶的动乱中荒废，隋唐时得到修缮。如今的白马寺保留了16世纪明代嘉靖年间的大规模修缮之后的格局。之后，清代及1961年又各有一次较大规模的改建修缮。所以，现在的白马寺可能从外观上看不到三国时代的白马寺的影子了，但位置无疑就在古白马寺所在的地方。

这里有一座古塔，在某个特定的位置朝着塔的方向用力击掌的话，会听到仿佛蛙鸣一样的回音。这座塔并非三国时代所建，但由于在寺外，所以据推测可能是唐代所建，因为当时该寺伽蓝规模更大。

三国时代的白马寺应该还是西域人宗教活动的中心。也许中国人在三国的战乱之中，切身体会到了世事无常，因而才开始对佛教产生兴趣。不得不说，三国的故事与中国佛教史也渊源甚深。

东汉末年的动乱有诸多原因，其中就包括宫廷内的权力斗争。勾心斗角的阴谋故事以洛阳为舞台一幕幕地展开，最后以所有宦官被屠杀殆尽收场。

在这次事件之后，从西方进入洛阳的董卓大权在握，废掉皇帝，改立皇帝的弟弟，即东汉的末代皇帝献帝为新君。之后，由于政敌很多，董卓迁都到了长安。他的大本营在陕西、甘肃，那里有他掌握的二十万大军，因此他认为只要迁都到长安，自己的统治就稳定了。但百官们大多对洛阳恋恋不舍，为了让他们死心，董卓一把大火烧掉了洛阳。之后，他下令强行迁走居民。迁走的人口据说有百万，甚至达数百万之多。洛阳离长安有五百千米之遥，许多人死在路上。整个洛阳城于此时一度被毁于一旦。

二百里内，室屋荡尽，无复鸡犬。

这是史书上形容的。连鸡犬都没了，可以说是被烧杀殆尽。

迁都到长安后，董卓被其部下吕布所杀，吕布出逃，长安则陷于持久混战之中。迁都到长安是公元190年，献帝则于196年逃出长安，也就是说东汉末代皇帝在长安只待了六年。

献帝周围的百官自然希望回到洛阳。但是，洛阳已经化为一片废墟，一切不得不从头开始。在这个时候，曹操将献帝迎到了一个叫许的地方。这是他政治上取得的一大胜利。

洛阳有一个从三国时代遗留下来的重要遗迹，那就是关帝庙。中国各地都有关帝庙，但据说洛阳的关帝庙是最早的。

建安二十四年（219），关羽在樊城率军包围了曹仁。东吴孙权与曹魏结盟，授军吕蒙，令其攻伐关羽。关羽在此战中落败被杀。之后，关羽的首级被送往洛阳，被送到了曹操的面前。

击败了关羽的东吴大将吕蒙，在这次胜利之后就死了。之后，副将孙皎也死了。六十五岁的曹操在得到关羽首级不久也死了。

在那个年代，曹操六十五岁已经算高龄，吕蒙也一直抱病在身，只有孙皎死得意外。但是，当时的人们认为这些大人物接连死去，是被关羽的怨灵追索所致。

《三国演义》中，有吕蒙被关羽的怨灵闷死的描写。就像从太宰府中被流放而死的菅原道真[1]被当作天神祭拜一样，人们也会为了镇魂而祭祀那些含恨而死的人，防止他们的怨灵出来作祟。

关羽并非帝王，却得到了关帝的名号，配享庙宇，受人祭祀，这不得不说是特例。但是，不难想象，上述三个人的死，的确令当时的人们心惊胆战。

据说，曹操以诸侯之礼厚葬了关羽，把他的首级埋葬在洛阳的关帝庙里。直到今天，那里依然流传着“关羽首级葬于此处”的说法。

洛阳关帝庙每月举行三次庙会，举行日期为阴历的带三之日（三日、十三日、二十三日）。1980年5月7日，我在从洛阳前往龙门石窟寺的途中，看到很多人成群结队外出，向为我领路的人一问才知，那一天是阴历三月二十三，是举行庙会的时候。

---

1 菅原道真（845—903），日本平安时代中期公卿、学者，日本“四大怨灵”之一。

赤壁之战中的曹操

三国时代最著名的古战场，当属赤壁和五丈原。

在赤壁之战中，孙权与刘备的联军击败了曹操，这是公元208年的事情。虽说是联军，但是是以孙权的军队为主。由于是水战，可以说是孙权的主场。此战的指挥官是孙权的部下、相貌出众、声名赫赫的周瑜。

此战中，黄盖诈降，在接近曹操舰队的时候，将装满浸油的枯草的火攻船放了过去。曹操的舰队是连环船，因而避无可避。

在《三国演义》中，孔明筑起七星坛，向天借来东风，助火攻得以成功。

曹操的舰队被烧，只得退军。不过，除了遭到火攻以外，军中疫病流行也被认为是撤军的一大原因。

赤壁战败后，曹操在其都城邺城建起了壮丽宏伟的宫殿，名为铜雀台，看来当时财政上应该是很有富余的。有文献记载，这座宫殿高达67丈。即便按东汉时一丈仅2.3米计算，也是一座高度超过150米的巨型宫殿，据说最高层有房间120个。

由于《三国演义》是以蜀汉刘备为正统讲述的，因而把赤壁之战孙刘联军的胜利做了夸大描写。如果曹操真的败得那么惨，他回去又筑起了铜雀台，就有些不可思议了。

宋代诗人苏东坡的一篇《赤壁赋》使赤壁广为人知。

> 方其破荆州，下江陵，顺流而东也，舳舻千里，旌旗蔽空……

苏东坡两次探访赤壁，两次都作了赋。但是，一般认为他所探访的赤壁并非三国古战场赤壁。

实际游历过那一地区的人都知道，湖南、湖北等地常见红土，只要是在河边露出土色的悬崖都可以叫赤壁。实际上，另有几个地方也都叫赤壁，苏东坡去的是湖北省黄冈县城外的赤壁，又名赤鼻矶。

火烧赤壁的那个赤壁，在湖北省嘉鱼县，正好位于湖南岳阳和湖北武昌正中间。按照现在的行政区划来说，是从湖北省境内马上就要进入湖南省的地方，位于长江东岸。其旁边有一湖，按地图所说，名为黄盖湖。有一个叫做洪湖的大湖与其隔长江而望。那里有长江流过，又有长江支流、湖泊沼地等，可以说处处皆是水，称其为水乡毫不夸张。在这样的地形上作战，擅长水战的孙权军之优势不言而喻。

晚唐诗人杜牧（803—852）也有诗咏怀赤壁。《赤壁》一诗成为被后世广为传诵的千古名作。

> 折戟沉沙铁未销，自将磨洗认前朝。
> 东风不与周郎便，铜雀春深锁二乔。

杜牧曾任湖北黄州长官，这首诗应该是他游访赤壁故地时所作。

“周郎”便是吴将周瑜。荆州的桥玄有二女，均为绝世美女。其中姐姐嫁给了孙策（孙权的兄长），妹妹做了周瑜的妻子。世人称她们为“二桥”，“二桥”在那时就成了美女的代名词。后来，“桥”逐渐误传成了“乔”。

杜牧诗的后两句的意思是，在那个时刻，正好吹起了东风，帮助周瑜火攻得胜。如果不是这样的话，取胜的肯定会是实力占优的曹军。那样一来，曹操就会带着二乔凯旋而归，将两位美女置于铜雀台中了。

杜牧作这首诗的时候，赤壁之战已经是将近六百年前的事情了，那时候的武器居然还没有锈坏，这种说法有些奇怪。而且，赫赫有名的赤壁之战古战场的沙子中居然露出了折断的戟，这可能是诗人的一种出人意料的想象。

《魏书》记载，二乔的父亲桥玄在曹操还默默无名的时候曾见过他，并且说了这样一番话："我到现在见过非常多的人，但没见过像你这样的奇才。我已经老了，想把妻女托付给你。"曹操心里也许早就把两位美女当成是自己的了。假如胜利的是他，他应该会强占二乔。

那时候，胜者抢走败者的美女是常有的事情。曹操的长子曹丕（后来的魏文帝）就把袁绍次子袁熙之妻甄氏抢来为妻。甚至连关羽也不例外。他得知杜氏是一位美女，便向曹操请求，愿意在下邳围攻吕布，希望取胜后能得此女。围攻吕布的是曹操和刘备的联军，但联军之主为曹操。这件事还有下文，曹操一看关羽如此请求，认为杜氏肯定十分貌美，于是抢先一步，将其占为己有了。

赤壁之战吃了败仗对曹操没有形成致命伤，是因为在八年前，即建安五年（200），曹操在官渡之战中大破袁绍，消除了中原腹背受敌的缘故。官渡位于开封和郑州之间，如其名，本是由官员设置的黄河渡口，现在位于中牟县。

官渡之战，曹操是依靠背叛袁绍之人取胜的。会被部下背叛，估计也是主公的人品有问题。开战之前倒戈的张郃后来成了曹操的得力干将。

官渡之战的二十八年后，张郃率领魏军在甘肃街亭大败马谡统领的蜀军，诸葛亮挥泪斩马谡就是其后的故事。

杜牧的诗中，《江南春》可能是最有名的了。

千里莺啼绿映红，水村山郭酒旗风。
南朝四百八十寺，多少楼台烟雨中。

南北朝时期，南方的政权被称为南朝，除此之外还有“六朝”这种叫法。六朝指的是以今天的南京为国都的六个政权，分别是吴、东晋、宋、齐、梁、陈。东吴的孙权后来称帝，地位由诸侯变成了天子。

从六朝这个说法中可以看出，当时政权更迭十分频繁。把国都设在南京的政权向来都有短命的“魔咒”。明朝建国初期，将南京定为国都，但很快迁都到了北京。清末的太平天国也定都南京，并改名为天京，但其也是个只维持了十几年的短命政权。国民政府也是如此。

南京乃要害之地，地形过于易守难攻，也许这让统治者变得麻痹大意了？

就像杜牧的诗中所写的，提到南朝，我们马上会想到佛寺。东吴孙权是一个有着“碧眼儿”绰号的易怒之人，但却跟随由海路从南方而来的康僧会[1]信奉了佛教，建造了一座叫建初寺的佛寺，这应该是“四百八十寺”中的第一寺吧。

把徐州让给了刘备的陶谦，有一个叫笮融的幕僚。起初，他应该是负责物资运输，在经济上支持陶谦。后来，徐州的局势变得越来越不稳定，他便带领数万群众南下，杀死欢迎他的广陵太守，并投靠了秣陵的长官，但后来他把那位长官也杀死了。即便以乱世的标准来衡量，笮融也绝非善类。他也是一个佛教信徒，有说法认为他可能是第一个在民间建佛寺的人。

《三国志》中记载，笮融所建造的佛寺可以容纳三千多人，并且他还塑造了镀金佛像。《后汉书》中也有他向民众施舍食物的记载。

大月氏人支谦在东汉末年的动乱中从洛阳南下，得到了孙权的保护。想必当初在董卓烧洛阳的时候，他并没有去长

1　康僧会（？—280），三国时期僧人，公元247年来到东吴，在建业建立寺庙，弘扬佛法。

安，而是选择了去南方。在孙权幕下，支谦负责佛典的汉化工作，《维摩诘经》便是其主要译著之一。

就这样，在三国时代的江南之地，佛教的色彩逐渐浓厚起来。

刘备与白帝城

三国故事后半段的第一主角要数诸葛亮。诸葛亮生于181年，与东汉的末代皇帝献帝同龄。他的出生地为琅琊郡阳都（今山东省沂水县）。他很早就成了孤儿，由叔父诸葛玄养大。

予章郡太守病死后，刘表指派诸葛玄继任。那时已经是群雄割据的时代，有势力的人可以随意指派官员任职。刘表虽然派诸葛玄去接任，但另一个有势之人曹操却任命朱皓继任这个官职。

事情变成了两个予章郡太守之间的争斗，而前面提到的那个忘恩负义的笮融在这时又出现了。他投靠朱皓那边，并出兵攻击诸葛玄，诸葛玄战死。予章郡大约位于现在的江西省南昌市一带。十七岁的少年诸葛亮失去了自己依靠的叔父，于是他去了湖北襄阳，在那里继续努力学习。十年后，刘备三顾茅庐，将诸葛亮请进了他的帐下。

刘备当时正寄食于刘表，但是他心里想的是自立门户。要做到这一点，不仅要有关羽、张飞、赵云这样的沙场猛将，也要有智谋之士。由于刘备手下缺一个这样的人，所以他无论如何都要把诸葛亮拢入袖中。

诸葛亮向刘备提出三分天下战略的故事无人不知。

以三分天下的战略来说，刘备的势力过于单薄。于是，向巴蜀之地发展的计划就应运而生了。

刘备的政权被称作蜀汉，就是因为其根据地在蜀地，而蜀的中心不用说，便是成都。

关于三国的故事一般以蜀汉为中心，而四川的三国遗迹也很多。

巴蜀，也就是四川，自古便被称为“天府之国”，物产丰富，土地肥沃。

众所周知，战国七雄中最后一统天下的是秦。秦能够具备一统天下的力量，征服了巴蜀之地应该是最主要的原因。

秦不仅占领了巴蜀，还对其进行了开发，修筑了水路，改善了灌溉和水运条件。秦统一天下的道路上最强的对手是南方的楚，但是在控制了四川之后，由于占据了长江上游，秦就不再惧怕楚了。从上游向下游运输军队、武器、粮草等，显然要轻松得多。楚真是肠子都悔青了，这也是屈原的忧国之诗诞生的时候。楚被对手抢先占领了巴蜀，已经处于不利的战略地位上，无力回天了。

汉高祖刘邦也是在灭秦之后，成为汉中王，领有巴蜀，从而逐渐丰满了羽翼，最终打败项羽，夺得天下。

诸葛亮三分天下的大计，在刘备占据巴蜀之地后，终于算是完成了第一步。

当然，他们并不打算偏安巴蜀一隅。关羽从荆州出兵了，但是遭遇了吕蒙率领的东吴军队，最终不得善终。

关羽死了，曹操也死了，曹操的儿子曹丕逼献帝禅让，登上了皇帝的宝座，东汉灭亡，被曹魏取而代之，这是公元220年的事情。第二年，刘备称帝，诸葛亮当上了丞相。

登上帝位的刘备做的第一件事是发动复仇之战。关羽死于吴军之手，东吴必须为此付出代价。但是，由于刚刚开国，国内局势未稳，远征东吴还为时尚早。

诸葛亮虽然不赞成远征，但他很清楚刘备和关羽的交情，以及刘备、关羽、张飞三人名为君臣实为结拜兄弟的关系，知道自己不能过于强烈地提出反对意见。

三国故事多以这三个人在涿县桃园结义开始。虽然几经战火颠沛，三人之义从未改变。

这可以算是三国故事的一大魅力吧。《水浒传》中的梁山泊一百零八好汉也是结义兄弟。中国人在看故事、听故事的时候，似乎比起君臣关系，兄弟朋友关系更令他们喜闻乐见。

不巧的是，此时刘备的另一个兄弟张飞被部下杀害了。性格直来直去的张飞因惩罚部下过于严厉，结果遭人忌恨被杀。

刘备已经失去了冷静。他鲁莽地发起复仇战争，结果在夷陵遭到大败，被迫退军到永安。

夷陵位于今天的湖北省宜昌市，自古就是巴蜀之地的入口，同时也是从四川顺长江而下，即所谓“下三峡”的东出口。

从宜昌开始，长江突然变得极为宽阔。即使在今天，那一带也是长江河运中更换运输工具的地方，从那里就可以用更大的船只前往下游了。

刘备只要攻破夷陵，接下来就很轻松了；而对于东吴来说，那里则是退无可退、必须死守的地方。

东吴的将军是陆逊。面对从下三峡而来的蜀军，他几乎未作抵抗，而是要在夷陵一决胜负。进攻的蜀军不得不一路修建数十座营寨，并留下士兵看守。

在夷陵，东吴使出了看家绝招——火攻。由于战争的复仇性质，蜀军是出于一时意气而出兵，可能在战术制定上考虑欠详，而长江沿岸对于东吴来说有如自家后院一般。

吃了败仗的刘备逃到白帝城。永安就是在这个时候改的名字。

三峡可说是下长江的关键环节。按照从上游到下游的顺序，三峡分别指瞿塘峡、巫峡和西陵峡（黄牛峡）这三处险地。那里不仅地势险要，也因景观奇特壮丽而著称。

白帝城在瞿塘峡的北岸。

西汉末年的战乱时代，那里曾有一个叫公孙述的人自己称了皇帝。东汉光武帝建立新朝之后，也曾与占据陇地的隗嚣同期在蜀地分别建立独立政权。其后，光武帝先打败隗嚣，之后“得陇望蜀”，讨伐公孙述，这是一个很有名的典故。传说公孙述的宫殿天井之中飞出一条白龙，此地因而得名白帝城。

刘备退军到此地，并将此地改名为永安，寓意“永久平安”。但是，他却在永安病倒了。死前，他把丞相诸葛亮叫来，并留下了这样的遗嘱：“我的儿子如果值得辅佐，你就辅佐他；如果他无帝王之才，你可以取而代之。”

《唐诗选》中收录了李白的一首名为《早发白帝城》的

七言绝句。

朝辞白帝彩云间，千里江陵一日还。
两岸猿声啼不住，轻舟已过万重山。

从诗中可以看出，由于江水湍急，从白帝城顺流而下，速度甚快，而从下游逆流而上过三峡则速度甚慢。李白还作有一首名为《上三峡》的五言律诗。

巫山夹青天，巴水流若兹。
巴水忽可尽，青天无到时。
三朝上黄牛，三暮行太迟。
三朝又三暮，不觉鬓成丝。

“鬓成丝”的意思是头发变得像白色的丝线一样，形容逆流上三峡之难，以至于白发都变长了。

那一带两岸的山崖往往笔直立于江面之上，河面忽窄忽宽，不仅水流湍急，而且多暗礁，可以说是十分危险。如今，对航路构成威胁的暗礁都已经用炸药炸掉了，不管是下三峡还是上三峡都比以前安全许多，数千吨的船只也能在其间航行，自然与当年不可同日而语。不变的，只是三峡那令旅人们惊叹不已的奇景。

杜甫有一首题为《瞿塘两崖》的五言律诗。

三峡传何处，双崖壮此门。
入天犹石色，穿水忽云根。
猱玃须髯古，蛟龙窟宅尊。
羲和冬驭近，愁畏日车翻。

到蜀地避难的杜甫曾经经过三峡，他的《秋兴八首》就是在类似这样的旅途之中创作的。下面这一首也被收录到《唐诗选》中，并且深为日本读者所熟悉。

玉露凋伤枫树林，巫山巫峡气萧森。
江间波浪兼天涌，塞上风云接地阴。
丛菊两开他日泪，孤舟一系故园心。
寒衣处处催刀尺，白帝城高急暮砧。

虽然诗中没有明言，但既然出现了白帝城，诗人肯定是想到了刘备之死和临终托孤。

自上游向下游进攻自然容易，要向上游撤军想必就很困难。出兵的时候，将军黄权也曾指出撤退困难的问题，但刘备一心想着复仇，并没有听进去。

丞相祠堂

将刘备的灵柩护送到成都的诸葛亮，平定了领土内的南夷叛乱，恢复了与东吴的友好关系，之后就着手准备进行北伐。

对于蜀汉来说，篡夺汉室的曹魏才是真正的敌人，与东吴重新和好也是出于对魏作战的考虑。但是，第一次北伐由于马谡不听命令，在街亭大败于张郃军，便有了前面已经提过的“孔明挥泪斩马谡”。

三年后，诸葛亮再次出兵祁山，击败司马懿，杀死张郃，报了街亭之仇。

又三年，诸葛亮抱病北伐，与司马懿展开激战，却最终病死在五丈原。

北伐出征之时，诸葛亮写下的《出师表》情真意切，当时甚至有说法称读了这篇文章不哭的就不是人。

祭祀诸葛亮的武侯祠位于成都的南郊，就在蜀汉昭烈帝刘备陵墓的旁边。到了明朝，昭烈帝庙与武侯祠合并成一处。尽管二者合并了，但是人们依然称那里为“武侯祠”，很少有人用“昭烈帝庙”这种说法。对我们后世之人而言，三国故事后半段的主角，毕竟还是诸葛亮。

唐朝时虽然二者还没有合并，但杜甫却作有这样的一首七言律诗。

蜀主窥吴幸三峡，崩年亦在永安宫。
翠华想像空山里，玉殿虚无野寺中。
古庙杉松巢水鹤，岁时伏腊走村翁。
武侯祠堂常邻近，一体君臣祭祀同。

被赭石色的墙壁包围起来的武侯祠，虽说位于成都南郊，但离市区并不远。在其不远处有西南民族学院、成都体育学院等院校，属于文教区。到成都旅游的两大必去之地，一是武侯祠，一是杜甫草堂。武侯祠离市区更近。

武侯祠的大门与二门之间的空间颇为宽阔，其间立有六座石碑，唐朝和明朝各一座，其他四座为清朝时所立。面向二门右手边的唐碑被称为“三绝碑”，为武侯祠石碑中最佳。

这座石碑被称为“三绝”，是因为其碑文、书法、刻字三方面均极为出色，鲜有对手。这座碑立于唐宪宗元和四年（809），碑文出自中唐宰相裴度，书法出于柳公绰，由鲁建刻字，该碑可谓三位当时在各自领域均超一流的大师合作的产物。

进入二门，正面是刘备殿，其左右回廊中设有蜀汉主要大臣们的塑像。右侧（东侧）为文臣，左侧为武将，而回廊分别叫文臣廊和武将廊。塑像共十四具，系清代所造，文臣之首为庞统，武将之首为赵云。

关羽和张飞的级别又不同，他们与自己家人的塑像分别立于刘备殿的东西偏殿中，东侧是关羽父子。此外，耐人寻味的还有周仓的塑像。周仓这个人在正史中名不见经传，其可能是《三国演义》杜撰出的众多角色之一。

虽说是演义，但毕竟是历史小说，因此虚构角色时应该是有所克制的。即便不添加虚构角色，三国时代出场人物也已经足够多了。但是，依然有周仓和美女貂蝉这样的正史中没有的人物。

由于故事过于脍炙人口，以至于连在历史中是否真实存在都有疑问的周仓竟然也有了塑像。《三国演义》的影响力，由此可见一斑。

刘备殿中的刘备像是一尊高三米的坐像。虽然是塑像却涂有金泥，文臣廊和武将廊中的塑像则是彩塑。虽然许多塑像难免落入清代塑像常见的脸谱化的窠臼，但其中还是有几座塑像很好地再现了人物的特征。

刘备殿的后面，有一个小小的“过厅”，最深处则是诸葛亮殿。可以看出，这些建筑是以诸葛亮殿为核心的。虽说刘备与诸葛亮是君臣关系，但由于这里是武侯祠，所以刘备也只是衬托诸葛亮。诸葛亮殿内有诸葛亮及其子孙的塑像，同样涂有金泥。

诸葛亮殿中值得注目之物，应属像前安置的三只铜鼓。

铜鼓并非中原器物，西南地区多有出土，乃出自少数民族之手。

三国时代的舞台还延伸到一直以来少有记载的地区，那就是被中原人称为“西南夷”的少数民族居住的地区。公元前2世纪，汉武帝派遣使节到过的“夜郎国”也是西南夷中的一支。夜郎王问汉朝使节“汉比我们夜郎还大吗？”的故事很有名。“夜郎自大”这个成语就出自这个典故。

虽说是边境，但却颇为富饶。那里不仅地下资源丰富，还是与缅甸和印度的通商要道。

诸葛亮是一个智谋型的人，绝非武将或作战参谋。不过，在对西南夷的“南征”中，他还是亲自做了总司令。

若要北伐，必先南征。要攻击强大的曹魏，就必须整顿好国内事务，囤积好粮草军械，消除后顾之忧，为此肯定要先平定南方。当时，西南夷居住的四川西南部、贵州、云南、广西一带号称疫病之地，是被人们认为水土条件极端恶劣的地区，因此蜀中重臣当中反对南征的不在少数，但诸葛亮毅然决定亲身赴险。

西南夷的民族构成为苗族、傣族等，其风俗习惯与中原地区大为不同。当时的西南夷首领孟获，颇富领导才能。据说，诸葛亮与孟获多次交手，对其七擒七纵，直到最后孟获放弃与诸葛亮为敌而投降。诸葛亮直接将以孟获为首的各地西南夷的首领任命为当地的地方长官。

这件事说明诸葛亮不仅是单纯以武力压倒对手，也重视收服人心。如果只一味用力量压迫，一旦力量变弱，对方便会反扑。诸葛亮时刻不忘与曹魏决战的最终目标，为此，其手段不拘一格。

诸葛亮殿中的铜鼓是西南夷之物，它们到底是用来干什么的，至今尚没有一个明确的答案。看来似乎不是单纯的乐器。有人猜测是将其埋在土中，用于祈祷丰收的仪式用品。

从出土的情况来看，与日本的铜铎类似。有一种颇为有力的假说称，边上青蛙形的装饰与青蛙从冬眠中醒来、从地里复苏的现象有关。也有说法称是权威的象征。

如今，从中国西南部到印度支那半岛（今中南半岛）一带，多有铜鼓出土。广西壮族自治区南宁市博物馆里有一个铜鼓室，不计其数的铜鼓在那里展出。

诸葛亮应该是在蜀汉建兴三年（225）的南征中，将铜鼓作为战利品带回成都的。虽然人们俗称这些鼓为“诸葛鼓”（诸葛亮的战鼓），但武侯祠中的铜鼓是不是当时的东西，其实是存疑的。不过，三面鼓中最大的那面，其历史最为悠久，或是三国时代之物也未可知。

诸葛亮殿的西侧有莲池，莲池再往西是刘备墓。虽然挂有“汉昭烈陵”的匾额，但人们一般称其为“惠陵”。惠陵的南边是文物陈列室，其中展出的文物以三国时代的居多。

武侯祠因内部随处可见的匾额和楹联，被书法爱好者视作艺术宝库。过厅匾额“武侯祠”三字乃郭沫若所书。

唐朝杜甫有一首七言律诗《蜀相》，写的就是这座武侯祠。

丞相祠堂何处寻，锦官城外柏森森。

映阶碧草自春色，隔叶黄鹂空好音。
三顾频烦天下计，两朝开济老臣心。
出师未捷身先死，长使英雄泪满襟。

决战五丈原

日本曾经一度提到大将就是指乃木大将[1]，说起元帅就是东乡元帅[2]，根本不用说名字。同样，在中国，如果只说丞相二字，指的就是诸葛亮。日本诗人土井晚翠有一首咏叹诸葛亮去逝的著名长诗，其中“可怜丞相病危笃”一句脍炙人口。

诸葛亮死于五丈原。五丈原之战可以说是三国故事的高潮情节之一。

234年，十万蜀军越过秦岭，进军到渭水南岸的五丈原

1　即乃木希典（1849—1912），长州藩藩士出身，日本陆军大将，日俄战争中指挥日军攻占旅顺，“二战”前被多数日本人奉为“军神”；1912年明治天皇病逝后与妻子一起切腹殉节。

2　即东乡平八郎（1848—1934），日本海军元帅、侯爵，与乃木希典并称日本帝国主义“军神”，日俄战争中指挥日本海军击败俄国海军，有“东方纳尔逊”之誉。

列阵。三国之主均进了皇帝之位，各自定了纪年。这一年按照三国的纪年表述如下：魏明帝青龙二年；吴大帝嘉禾三年；蜀后主建兴十二年。

皇帝的谥号是死后封的。但是，蜀汉只有刘备和其子刘禅两代皇帝，刘备虽然得到了昭烈帝的谥号，但是蜀汉在刘禅时候就亡国了，由于没有后继之君为他封谥号，所以就只称其为后主（与先主刘备相对）。

在此之前，蜀军曾经三度穿越秦岭北上，这次是第四次，而且是第一次真正意义上的北伐，之前的三次不过是准备工作。正式的北伐要不断东进，先下长安，再入洛阳。前三次出兵是去讨伐甘肃的军阀，以免正式北伐时腹背受敌。

与曹魏一决雌雄的时刻终于要到来了。但是，诸葛亮却由于多年辛劳而疾病缠身，实为抱病出征，从《出师表》中也能感受到这种悲壮之情。

从蜀地出关中，道路之险世人皆知。李白的长诗《蜀道难》中发出了这样的感叹：

噫吁嚱，危乎高哉！

蜀道之难，难于上青天！

此外，这首长诗里的“一夫当关，万夫莫开”一句被日本小学唱歌[1]原封不动地引用，用于形容箱根之山的险峻，在日本也广为流传。

从西安出发，经过兰州前往新疆维吾尔自治区乌鲁木齐市的铁路，在宝鸡市分出一条路通往西南方向，这就是终点为成都的宝成线。当年丞相率领的十万蜀军几乎是沿着与这条铁路一样的路线，走过了那难于上青天的蜀道。《三国志》中的记载是从斜谷而出。

一出斜谷，大约在凤翔县和宝鸡市中间就是五丈原。虽说是原，其实属于丘陵地形，是典型的中国西北部的地貌。

魏蜀两国在五丈原对峙百日有余。

魏军总指挥为司马懿（字仲达），其主力部队留在了远在五丈原后方的长安。我参观西安市公路学院宿舍的时候，得知那一带就是司马懿大军所在之地，位于今天的西安市南郊，唐代大雁塔的南面。

蜀为攻方，魏为守方。但是，由于主帅诸葛亮卧病不起，蜀军的进攻乏善可陈。司马懿通过间谍的报告和俘虏的供述，得知了丞相的病情。

1　日本小学音乐教育所用歌曲。

诸葛亮在当年二月列阵五丈原；但八月便去世了。

> 会有长星，坠亮之垒。

这是《晋书》中的记载。

英雄人物要陨落了，上天必须有所昭示。人们把流星与诸葛亮之死联系在了一起。诸葛亮死后不久，洛阳发生了地震，这也被解读为是诸葛亮的怨念所致。洛阳是其宿敌魏国所在之地，而诸葛亮终其一生未能踏上古都洛阳。

弥留之际，诸葛亮对姜维和杨仪两位将军留下遗言，令大军撤回蜀中。按照其遗言吩咐，蜀军完好无损地撤退了。人们猜测也许魏军怀疑有诈，因而未能追击。

四年后，司马懿向东远征，讨伐辽东的公孙渊。由于曹操讨伐乌桓，今天的东北地区早早地就成为了三国故事舞台的一部分。

司马懿消灭了公孙渊，魏国之威名得以远播东北及朝鲜半岛。东海的倭国女王卑弥呼向魏国派遣使臣是在景初三年（239），也就是公孙渊被灭之后的第二年。这一年，按照蜀汉的纪年是延熙二年，东吴纪年为赤乌二年。日本在三国故事的舞台边缘略微亮了一相。

唐诗之旅

唐代是中国的古典诗歌空前发展的朝代。唐诗不仅是中国文学，也是世界文学的伟大遗产。

进入唐代，隋代以前的南方华美而具有享乐主义色彩的六朝文化，与北方热情豪迈的风气和人文关怀结合到一起。工商业的发展改善了百姓的生活质量，跨民族的文化交流又拓宽了人们的视野，这些都使得诗作的题材和内容的丰富程度得到了飞跃性的提升，在诗歌的形式上，也形成了绝句、律诗等近体诗的体裁。

李白以自由奔放的胸怀歌颂了人自身的可能性；杜甫则以仁者爱人之心敏锐地捕捉、反映现实，心怀百姓疾苦；白居易则以平实易懂的诗风推动了文学的大众化进程，深受日本人的喜爱。

陶渊明的故乡

不知为何，一听到庐山这个名字，总会有一种热血沸腾的感觉。

晋哀帝兴宁三年（365），在庐山山麓一个叫柴桑的地方，陶渊明出生了。

一提到《诗经》和《楚辞》，就感到似乎总是离我们很遥远。我们和那个世界之间就好像天然隔着一道由注释和解说构成的纱幕一样，无法直接触摸。我们能够直接触摸到的中国古典诗歌，或许就是始于陶渊明。这当然有陶渊明诗风平实的原因，但也因为他的题材能引起我们的共鸣。我们能很清晰地感觉到，自己呼吸的是和那个时代一样的空气。

唐代诗人白居易（772—846）被左迁到庐山附近的江州时，作了一首题为《访陶公旧宅》的诗，序中有这样一段话：

余夙慕陶渊明为人，往岁渭上闲居，尝有效陶体诗十六首。今游庐山，经柴桑，过栗里，思其人，访其宅，不能默默，又题此诗云。

柴桑和栗里都是陶渊明故乡的名字。白居易崇拜五百年前的陶前辈，在长安时，就曾经模仿陶渊明的文体作了十六首诗；现在更是来到了他的故居，白居易十分兴奋，激动的话语从内心深处喷涌而出，脱口成诗。诗的最后以这样一段作结：

柴桑古村落，栗里旧山川。
不见篱下菊，但余墟中烟。
子孙虽无闻，族氏犹未迁。
每逢姓陶人，使我心依然。

看来陶渊明的子孙后代中并没有什么大名鼎鼎的人物，但其族人依然住在那里，没有迁往他地。在那里，白居易每遇到一个姓陶的人，内心都会怦然一动，一种熟悉的感觉油然而生。看来他的心中也沸腾着一股热血。

今天的我们，品味着白居易和李白的诗歌，对庐山这个名字也会有一种触动灵魂的感觉。不仅如此，由于庐山还是避暑胜地，国家的重要会议不时地在那里召开。我想起了1959年的庐山会议，以及之前1937年7月的庐山会议，时是国共合作时期，周恩来代表中国共产党参加了会议。“庐山”能够这样令我们热血沸腾，也是因为它作为与现代史上的重要事件有关的地名，已经融进我们的血液里了。

还是言归正传，用沸腾的热血讨论唐诗吧。

传说在太古时代，有个叫匡俗的隐者，在山中建了一个庐。后来他登仙而去，空留此庐，此山因而得名庐山。

中国的名山大抵与仙人有关，而这个传说就从侧面说明庐山是一座名山。从陶渊明的时代开始，出现了一个叫“白莲社”的宗教组织。据说陶渊明本来也想加入，但社团规定不能饮酒，因而作罢。庐山的佛教色彩很浓厚，这是因为名僧慧远[1]率领弟子进入了这座山。有一种常见说法称，白莲社一开始就是从佛教团体发展而来的。

虽然不应该草率地下结论，不过从作品的风格来看，似乎李白受庐山道教气息的影响更大，而白居易则更多地是被

1　慧远（334—416），俗姓贾，东晋高僧，净土宗始祖，在庐山研习佛法三十多年直至往生。

其佛教氛围所触动。李白望着庐山瀑布作下的那句“飞流直下三千尺”自然是无人不知，不过寄卢虚舟的那首《庐山谣寄卢侍御虚舟》也颇为有趣。

黄云万里动风色，白波九道流雪山。

这句诗所描述的景象跃然于眼前。这首《庐山谣寄卢侍御虚舟》中有“五岳寻仙不辞远”及“遥见仙人彩云里，手把芙蓉朝玉京”等诗句，并且最后以“游太清”作结，道教色彩极为浓厚。“太清”指的是至大至清的天上世界，乃道教用语。

庐山尤其有名的是五老峰。其外观好似五位老人互相依偎在一起，因而得名。李白有一首题为《望庐山五老峰》的七言绝句。

庐山东南五老峰，青天削出金芙蓉。
九江秀色可揽结，吾将此地巢云松。

青年时代的李白浪迹四海，曾经到过庐山。被朝廷驱逐出长安后，他也在庐山住过一阵，据说就住在五老峰附近。

李白与杜甫的友谊

李白暂住于庐山是在至德元年（756），那时他已经五十六岁了。这一年，令李白一生难忘的事情接连发生。前一年十一月，安禄山发动叛乱，十二月占领洛阳。安禄山在洛阳即帝位，称大燕皇帝。李白到庐山的时候，已经得知安禄山造反的消息。

同年六月，唐玄宗逃出长安。途中在马嵬驿被士兵们逼迫，不得不赐死杨贵妃。这时李白正在庐山。

同年七月，唐玄宗退位，皇太子继位，为唐肃宗。时任江淮兵马都督的永王李璘，为讨伐安禄山叛军而在湖北整顿军队，东渡长江来到浔阳。浔阳是今天的九江市，位于庐山山麓。

永王得知李白在庐山，于是招他当了幕僚。由于是讨伐安禄山的勤王之师，李白接受了邀请，这件事大大改变了李白的命运。

看来，永王似乎打算借讨伐安禄山之机，将长江下游物产丰饶的地区收作自己的势力范围，并割据一方。身为唐玄宗的第十六子的永王，与其兄长唐肃宗的关系似乎并不友好。肃宗也许是觉察到了永王的企图，命他返回蜀地，但是永王并未听从。抗旨不遵即为谋反，肃宗马上发兵讨伐永王。

本以为参加的是勤王之师，结果却变成了叛乱之师，这是李白绝对没有想到的。

《永王东巡歌》（五首）是李白应邀去永王帐下当幕僚的时候作的。我们可以想象，他在浔阳城内远眺着庐山，走笔如龙。

二帝巡游俱未回，五陵松柏使人哀。
诸侯不救河南地，更喜贤王远道来。

二帝指的是玄宗和肃宗。玄宗退位成为太上皇，退到蜀地避难；肃宗则在灵武（甘肃）指挥作战讨伐安禄山。他们都还未能返回长安。

提到五陵，一般指的是汉代五位皇帝的陵墓，但这里指的应该是唐高祖之后的陵墓。玄宗是第六代皇帝，他们抛下祖坟，客居在外，诸侯群臣都无力夺回河南之地。这里的“河南之地”是指安禄山定都的洛阳。叛贼依然猖狂，可喜的是，值此关头，永王这位贤王千里迢迢来到。

结果，李白如此赞颂的永王，却因为与肃宗不和，被扣上了叛军的帽子，面临被讨伐的命运。

永王军被力量上占据压倒性优势的政府军团团包围。他本人战死，李白在浔阳被捕，被关进了监狱。助贼反叛是大逆之罪，他已是命在旦夕。

幸好，由于郭子仪从中活动，李白被免除死罪，改判流放到西南边境的夜郎。此时是他成为永王幕僚的两年后，他已经五十八岁了。长安和洛阳都由郭子仪夺了回来，肃宗幸得返都。收复都城的最大功臣郭子仪为了李白多方奔走，最终救了他一命，而李白的流放之刑也在他本人到达夜郎之前被赦免了。

从前后的经过来看，非常明显，李白根本没有做出什么大逆之举。对于肃宗来说，也是只要铲除有觊觎帝位嫌疑的永王势力也就放心了。如果是永王亲信的话那另当别论，但李白不过是永王路过庐山时招揽的幕僚而已。

李白得到赦免之诏是在著名的三峡白帝城，时为乾元二年（759）。《早发白帝城》就是其此时所作。

朝辞白帝彩云间，千里江陵一日还。
两岸猿声啼不住，轻舟已过万重山。

江陵又称荆州，长江（扬子江）在这一带向南弯曲，位置大概是从岳阳起至武昌止的湖北中心一带。与位于四川奉节县的白帝城相比，江陵算是文明程度比较高的地区了。李白在湖北的安陆住过很长一段时间。本来李白是为了前往流放之地而溯流而上的，但由于接到了赦免之诏，就又顺长江之流返回了。

心，已飞向长江的下游。

而且，那一带的长江水流很急。

在更古老的游记里，也提到早上从白帝城出发，顺江急流而下，夜里就能到达江陵。李白的心情就像水流一样湍急。

“还”这个字，可以说充分体现了李白此时的心境。轻舟在万重山的夹缝中轻盈前行，而比那轻舟更轻松的则是李白自己。直到白帝城为止，他都还是个囚犯。而这时，被赦免的李白感受到了难以言表的解脱感。这种解脱感，赋予了这首诗一种轻盈灵动的氛围。

就在那时，他的诗友杜甫因为饥荒而弃官不做，去了秦州。甘肃麦积山以石窟寺而闻名，秦州距此山不远。当时食物匮乏，杜甫不得不捡橡子为食，情景可谓凄惨。虽然身处困境，但杜甫对被流放的李白依旧念念不忘，不时地做梦梦到他，并作有《梦李白二首》。

浮云终日行，游子久不至。
三夜频梦君，情亲见君意。
……

读这些诗句，不禁被二人的深厚情谊所打动。

成都杜甫草堂

杜甫正为李白捏着一把汗，但其实李白那时候已经被赦免了，正在心情畅快地乘轻舟顺长江而下，应该说身处饥荒中的杜甫更值得同情。作《梦李白二首》的那年年底，杜甫带领家人，穿过难于上青天的蜀道，搬到四川成都。

杜甫在有浣花溪流过的浣花里定居下来，因此那里后来又被称为浣花草堂或是杜甫草堂，成为成都的一处著名景点。到成都必去的两处地方，一是祭祀诸葛亮的武侯祠，另一便是杜甫草堂。

几经战乱和饥荒的杜甫，终于可以在草堂松一口气了。因儿时的玩伴严武和高适当时在四川身居高位，杜甫得到了他们的援助。四十九岁到五十一岁，杜甫在这里度过了三年太平时光。在草堂居住的日子里他一共作了二百四十多首诗，占保存至今的作品总数的六分之一。

既然被称为草堂，想必应是一个用茅草搭建的简朴之居，这样的房子当然不可能保存长久。唐朝末期，住在成都的文人们为了纪念杜甫，在相同的地方建起一座新的建筑，而祠堂则相传是宋代之后所建。“杜甫草堂”现已被认定为全国重点文物保护单位，其内存有工部祠、诗史堂、草堂书屋、恰受航轩、碑亭等多座建筑。其中，草堂还成了杜甫研究中心，存有宋、元、明、清等朝代与杜甫有关的各类文献共三万多册。我去那里的时候，那里正在忙于准备数日后召开的杜甫学会。

对于杜甫草堂时期的生活，著名的七言律诗《江村》描写得最为生动。除此之外，《绝句漫兴九首》中也不乏佳作，如以下这一首：

手种桃李非无主，野老墙低还似家。
恰似春风相欺得，夜来吹折数枝花。

“野老”是田间老人的意思，杜甫经常如此自称。诗的大意是，虽然院墙很矮，但仍然是自己的家，自己种的桃李当然是属于自己的，但春风好像瞧不起我家墙矮似的，一夜就吹折了好几枝花。

好一幅悠闲自在的田园生活的景象！但是，这一方土地对于杜甫来说，归根到底还是异乡，他还是很想去东边。尤其是广德元年（763），当收复河南、河北的消息传来的时候，他很想回到离故乡很近的洛阳。但是由于各种波折，他很久之后才离开四川。

李白得到赦免的消息似乎也没有传到成都，因此杜甫一直在担心他的安危。在草堂，他作了名为《不见》的五言律诗。

不见李生久，佯狂真可哀。
世人皆欲杀，吾意独怜才。
敏捷诗千首，飘零酒一杯。
匡山读书处，头白好归来。

看来当时还有传言说李白是在装疯卖傻。杜甫想到李白说不定正飘零潦倒地以酒浇愁，不禁忧心忡忡。

据说李白是四川人，而杜甫人就在四川，杜甫希望李白能回到四川来。

李白的故乡有一座山，叫大匡山，他曾经在那里读书学习。现在头发都白了，也该回来了——这就是杜甫的内心想法。

可能是因为四川与李白关系密切，所以杜甫更加思念李白。比如，当他远眺成都附近的峨眉山时，他想到的也是李白，及其《峨眉山月歌》。

峨眉山月半轮秋，影入平羌江水流。
夜发清溪向三峡，思君不见下渝州。

峨眉山位于成都之南，海拔3099米，因四大奇观——“日出”“佛光”（光轮）“云海”“神灯”（磷火现象）而闻名。现在山中有多座佛寺，但唐代之前是以道观为主。李白年轻时肯定多次攀登过峨眉山，也许在登庐山时，他想到的也是故乡的峨眉山吧。

白居易与江南诗

元和十二年（817），白居易左迁江州司马，在庐山香炉峰麓建起一座草堂，那时距离李白离开庐山五老峰庵，已经过去六十多年了。也许不同的人感受不同，但我总感觉白居易的庐山诗佛教色彩浓厚，与李白的诗意趣不同。

卜过香炉峰下定居的吉凶，建起草堂后，白居易高兴地在其壁上写下数首诗。其中，“遗爱寺钟攲枕听，香炉峰雪拨帘看”一句在日本尤其有名。《枕草子》[1]中有这样一段故事。中宫问道：“香炉峰之雪呢？”清少纳言马上把帘子卷起来，令人们大为惊讶。这个故事充分表现了清少纳言的才女形象。

从这个故事可以看出，白居易的诗文对于日本平安时代

1　日本平安时代中期才女清少纳言所作随笔，是日本文学史上的一部重要作品。

的文化人来说是必读的。当时，读《白氏文集》的日本人比读李白和杜甫作品的还要多。对于日本人来说，白居易的诗比陶渊明的更易懂，这也是人们爱读的原因之一。比如这首描写庐山遗爱寺的五言绝句，就几乎不需要注释。

弄日临溪坐，寻花绕寺行。
时时闻鸟语，处处是泉声。

白居易是一位爱花的诗人，作有诸如《种桃杏》等与花草树木作别的诗，其中可以看出他对花有一种很细腻的感情。

我去庐山时，在云中宾馆住宿，据说那里曾经是汪精卫的故居。其附近有一个湖，湖畔有一条“花径”，入口上刻有这样的一副楹联：

花开山寺
咏留诗人

据说，这里的“诗人”指的就是白居易。湖的名字是“如琴湖”，我向当地人询问，这个美艳的名字是否也与白居易有渊源，回答说不是。原来，如琴湖是1961年建成的人工湖。

痴迷佛教的白居易作了许多咏唱佛寺的诗作。离开庐山四年后，他出任杭州刺史，并如此歌颂杭州的名刹：

馆娃宫畔千年寺，水阔云多客到稀。
闻说春来更惆怅，百花深处一僧归。（《灵岩寺》）

与李白和杜甫不同，诗人白居易的仕途很成功。他颇富行政手腕，使杭州西湖得到整顿，成为今日的名胜。

由此也可见，白居易对西湖之喜爱非同一般。下面这首名为《春题湖上》的七言绝句是这样描写西湖的：

湖上春来似画图，乱峰围绕水平铺。
松排山面千重翠，月点波心一颗珠。
碧毯线头抽早稻，青罗裙带展新蒲。
未能抛得杭州去，一半勾留是此湖。

诗中他说不能弃杭州刺史之官不做，一半原因是舍不得离开这个湖。

最后，不得不离开杭州的那一天到来之时，他作了《西湖留别》。诗尾以下面这句作结：

处处回头尽堪恋，就中难别是湖边。

可以看出他对西湖是多么难以割舍。话说回来，西湖还真是当地人的幸福之源。北宋元祐四年（1089），即白居易离开西湖二百六十多年后，苏东坡成了那里的地方官。他取西湖之土建了一座堤坝，人称苏堤。白居易也曾建起一道长堤，蓄水灌溉，人称白堤。

白居易在三年杭州刺史任期满后，回了一趟洛阳；第二年又被任命为苏州刺史。但是他在赴任不久后就病了，又回到了洛阳。看来，白居易与苏州没有什么缘分。

绿浪东西南北水，红栏三百九十桥。

关于他咏唱苏州的诗，我就记得这一句。当然，说起咏唱苏州的诗，首先想到的自然是“月落乌啼霜满天”的《枫桥夜泊》。日本人对这首诗尤其熟悉，作者张继也因为这一首诗而成为留名青史的诗人。

苏州在春秋时代是吴国的都城，又称姑苏。吴与越之间发生了殊死的战争，最终吴亡于越王勾践之手。于是，苏州成了亡国题材诗歌的常用意象之一。最具代表性的，可能要数李白的《苏台览古》。

旧苑荒台杨柳新，菱歌清唱不胜春。
只今惟有西江月，曾照吴王宫里人。

上有天堂，下有苏杭。

苏杭一向被并称为人间天堂。苏州是丝织业中心，富豪辈出，经济上的富裕使得文化繁荣起来。

如果说苏州是丝城，那么扬州就是盐城。唐代时盐商既是政商，亦是富豪。扬州还是隋朝开通的大运河的起点，交通枢纽的位置也使其得以繁荣。日本的遣唐使船也经常选择途径扬州的路线。

此外，扬州还是唐招提寺的鉴真和尚的故乡。鉴真曾在那里的大明寺（原名为法净寺）做过住持，这也是不能不提及的。

说起描写扬州的诗，马上想到的就是李白的《黄鹤楼送孟浩然之广陵》。

故人西辞黄鹤楼，烟花三月下扬州。
孤帆远影碧空尽，唯见长江天际流。

诗中的烟是霞的意思。鲜花盛开的扬州想必一片繁华，隋炀帝在那里乐不思蜀，几乎不想回北方。当时扬州叫江都，被视为第二首都。

最近，人们发现了隋唐时期的扬州城故址，其规模比如今的扬州市还要大得多。唐代的诗人到了那里，也会怀古，忆起当年隋炀帝的奢华出游。而在今天，那种“荣华梦醒”的感觉已经变得更加强烈。

此地曾经翠辇过，浮云流水竟如何。
香销南国美人尽，怨入东风芳草多。
残柳宫前空露叶，夕阳川上浩烟波。
行人遥起广陵思，古渡月明闻棹歌。

这是唐代诗人刘沧的诗作，题为《经炀帝行宫》。

忆长安

上面提到李白送别孟浩然的黄鹤楼位于武昌。游武昌，必登黄鹤楼。据说李白一生中也多次登过黄鹤楼。在流放夜郎国的时候，他选择的似乎也是经过武昌和长沙的路线。那时，他作了一首题为《与史郎中钦听黄鹤楼上吹笛》的诗。

一为迁客去长沙，西望长安不见家。
黄鹤楼中吹玉笛，江城五月落梅花。[1]

唐代诗人中，中原出身，也就是故乡为黄河地区的很多。《唐诗选》中有名字的诗人有一百二十多人。除去部分出生地不明的人，只有二十五人出身于江南。当然，四川

1　落梅花为笛曲名。

除外。

在江南之地作诗的诗人，不管已经多么适应江南的生活，那种人在异乡的感觉也始终挥之不去。即便是四川出身的李白，在登上武昌黄鹤楼时也不禁遥想长安，心生思念。

另外，黄鹤楼虽说是武昌的地标，但在1853年的太平天国运动中被焚毁了，之后就没有重建。这座高楼是游子思念故乡的象征。传说仙人是乘黄鹤升天而去，这也许是许多客居外地之人希望能驾鹤飞回故乡，因而产生的传说吧。

游子远忆的长安也有大雁塔、小雁塔，其规模不亚于黄鹤楼。这两座塔也可以说是长安的一张名片，而当它们所象征的东西逐渐衰落时，便勾起人们的哀思。晚唐诗人荆叔留有一首名为《题慈恩塔》的诗。

汉国山河在，秦陵草树深。
暮云千里色，无处不伤心。

唐代诗人批评朝廷的时候，往往将唐换成汉，用一种说史的口吻来暗喻。例如，白居易的《长恨歌》很明显写的是唐玄宗与杨贵妃的故事，但其中用的却是“汉皇”。上面这首诗里的“汉国”指的也是唐。

我们虽然习惯认为荆叔是晚唐诗人，但实际上他的生活年代、出生地和经历完全不明。已知与他有关的只有《唐诗选》中收录的这首诗而已。

这首诗很明显意在让人联想起杜甫《春望》中的“国破山河在，城春草木深”一句。只说了一个“汉国”，读者马上就想到了“国破”。因而，此诗的年代当是在杜甫之后。而从感叹盛世而衰的整体格调来看，推断应是晚唐时期。

长安的慈恩寺是三藏法师玄奘翻译经书的地点，大雁塔就位于寺内。

李白和杜甫最终都未能回到中原。但是，白居易由于升到了比较高的官位，虽然中间也有过左迁，但最终还是平安结束了官宦生涯，得以在洛阳安度晚年。晚年的白居易似乎愈发笃信佛教。他的宗教生活的中心，是洛阳郊外的香山寺。

香山又名东山，在龙门的东岸。

龙门以石窟寺闻名。

494年，北魏将都城从平城（山西省大同）迁至洛阳。迁都前，平城附近的云岗已经建好了石窟寺，迁都后又开始在洛阳南郊的伊水河畔营建石窟寺，这就是龙门石窟。那里的石质尤其适合雕刻。

龙门石窟中规模最大的建筑为奉先寺，建于唐高宗年间。中间的卢舍那佛据说是按照武则天的模样塑造的，如果真是如此，武则天应该是一位端庄的美人。佛像高达十七米，虽然有石像与铜像之别，但大小与奈良东大寺的大佛相当。也有说法称，遣唐使中有人被奉先寺的这尊大石佛震撼了，所以回国以后进言要兴建大佛。

龙门石窟多建在伊水西岸，东岸较少。白居易就在东岸的香山寺中过着安静的宗教生活。

> 老住香山初到夜，秋逢白月正圆时。
> 从今便是家山月，试问清光知不知？

这首七言绝句是白居易刚到香山寺时所作。当时他已经年近古稀，过去的诗朋酒友，要么已去世，要么远居他方，都不在了。即便是白居易，也感到一种彻骨的寂寞。而且他还患有中风，左腿行动不便。

> 饮徒歌伴今何在，雨散云飞尽不回。
> 从此香山风月夜，只应长是一身来。
> 石盆泉畔石楼头，十二年来昼夜游。

更过今年年七十，假如无病亦宜休。

白居易这样对自己说道。

不难想象，在那里抬眼就能望到对岸的石窟群。不过，奉先寺等景点虽然今天是露在外面的，但当时在其前方应该建有木制建筑。

伊水的水流声就在耳边清脆地回响着，白居易称之为“滩声”。

会昌六年（846）八月，七十五岁高龄的白居易离世，葬于龙门香山，人称其墓为琵琶冢。我看过他的墓，外形略高，但并不是琵琶形状，因为后半部分不知什么时候被削掉了，成了农田。

像白居易这样能够从南方回到故乡中原的人是幸运的。杜常的七言绝句《华清宫》则将这种归乡的心境写进了诗中。

行尽江南数十程，晓星残月入华清。
朝元阁上西风急，都入长杨作雨声。

华清宫是位于长安东郊的离宫，因杨贵妃在此泡温泉而闻名。直到今天该地仍然是一处温泉景点，但保存至今的唐朝的遗迹只有温泉出水口前面的石质坐台，在那里可以遥望到秦始皇陵。

在咏长安的诗篇中，我认为最出色的还要数李白的《子夜吴歌·秋歌》。

长安一片月，万户捣衣声。
秋风吹不尽，总是玉关情。
何日平胡虏，良人罢远征。

由于那时长安是首都，此地的人们对政治和军事便格外敏感。将士们出玉门关赴西域战场，“玉关情”指的也许是他们倚门而望的妻子的心情。

另外还有一首与这首诗有关联的诗不能不提，那就是王维的《送元二使安西》。

渭城朝雨浥轻尘，客舍青青柳色新。
劝君更尽一杯酒，西出阳关无故人。

唐朝安西都护府起初设在吐鲁番盆地，后来移到库车一带。不管是迁移前还是迁移后，在长安人看来都远得令人绝望。

将诗中最后一句重复三次，在中国成了一种送别时的惯例，被称作“阳关三叠”。

阳关位于玉门关之南，初唐时那里就是国境线，但唐太宗远征高昌以后，唐朝版图拓展到了西域。但是，国家对西域的控制并不稳定，战乱不断。留守家中的妇女只能抬头望着长安的那一片月而默默垂泪。

歌边塞

送别诗已经很能打动人心，而歌咏已经前往西域的士兵的诗则更令人黯然神伤。王翰的《凉州词二首·其一》便描绘了士兵即将奔赴战场的情形。

葡萄美酒夜光杯，欲饮琵琶马上催。
醉卧沙场君莫笑，古来征战几人回？

王翰因为这一首诗而被归为“边塞诗人”，但他本人并没有出边塞的经历，只是把脑海中想象的情景写入诗中。与他不同，岑参则当过安西节度使掌书记，亲身参加过西域战事，并把自己的经历写成了诗。

走马西来欲到天，辞家见月两回圆。

今夜不知何处宿，平沙万里绝人烟。

这首诗名为《碛中作》。“碛”是戈壁的意思，是多石的沙漠，比全由沙子构成的沙漠更显荒凉。

吐鲁番盆地夏天酷热，与别的地方的气温不是一个级别的，会连续多日超过四十摄氏度。红色的山上不见一草一木，裸露的山体上有纵向被侵蚀的痕迹。透过空气湍流看过去，好似熊熊燃烧的火焰一般。构成吐鲁番盆地北部边缘的天山突出部分，至今仍然被人们称为火焰山。岑参称其为“火山”，并作有一首名为《经火山》的诗。

火山今始见，突兀蒲昌东。
赤焰烧虏云，炎氛蒸塞空。
……

在他为奔赴碛西的刘判官送别所作的诗中，也能见到“火山”这个说法。

火山五月行人少，看君马去疾如鸟。

都护行营太白西，角声一动胡天晓。

“角声”指的是边塞民族所吹的角笛的声音，据说其音色哀伤。边塞诗歌中，不时地会出现“角声”二字，使我总有一种这种声音是与长安城内的“捣衣声”互相呼应的感觉。总之，边塞诗中，格调哀伤的作品多过豪情的。

曾在成都援助过杜甫的高适，也算得上一名边塞诗人。虽然他不像岑参那样有过经玉门关前往西域的经历，但他作为河西节度使掌书记，曾经在甘肃生活，那里可以说已经有一些塞外的感觉了。此外，他后来历任蜀州刺史和成都尹（相当于市长）后，又曾以西川节度使的身份指挥军队，因此并不是完全靠想象写作的边塞诗人。《塞上听吹笛》这首绝句，堪称边塞诗中的佳作。

雪净胡天牧马还，月明羌笛戍楼间。
借问梅花何处落，风吹一夜满关山。

羌笛是藏族的乐器，可能是一种角笛。有一首角笛曲名叫“梅花落”，就利用其进行了隐喻描写。这种手法与李白听黄鹤楼中的玉笛的那首诗相同，但二者都不是简单地流于文字游戏，而是已经将音乐融在了诗中。虽然不知道《梅花落》在今天有没有得到复原，不过当年可能是尽人皆知的曲子。人们读这首诗时，就会联想到这首曲子。

怪才诗人

日本人之所以对唐诗感到亲切，要归功于平安时代[1]的《白氏文集》和江户时代[2]之后的《唐诗选》。

人们本来认为《唐诗选》是明代中期（16世纪下半叶）古典主义文学运动的代表人物李攀龙（1514—1570）编纂的。在文学上，李攀龙推崇“诗必盛唐”，因此《唐诗选》多为盛唐诗作。《唐诗选》在日本从江户时代起至今一直是脍炙人口的读物，然而在中国它只受到了一时的欢迎，清代以后读者渐少。究其主要原因，一是明末清初古典主义已经过于极端，因而受到了批判；二是后来人们发现其实编者似

1　日本古代的一个历史时期，从794年恒武天皇将首都从奈良迁至平安京（今京都）起，至1192年源赖朝建立镰仓幕府止。

2　日本的一个历史时期，从1603年德川家康在江户建立德川幕府起，至1868年德川庆喜献出江户城止。

乎并非李攀龙。真相是李攀龙死后，书店里立即出现了《唐诗选》，出版者是为了提高销量而假借了大文豪的名字。经考证，该书的序是把李攀龙在别处写的关于唐诗的文章直接摘抄过来的。

虽然编者有问题，但所选唐诗并没有遭到篡改，诗句本身没有任何毛病。为了显得确实像李攀龙所编，《唐诗选》的选编范围也以盛唐诗为中心。中唐时期的大诗人韩愈的作品只收录了一首；而与之齐名的白居易的作品则更是一首都没有。幸好日本人自古爱读《白氏文集》，因此日本《唐诗选》的偏颇很自然地得到了纠正。

《唐诗选》没有收录有“鬼才”之称的李贺和杜牧的诗作。李贺的《将进酒》（劝酒之意）被收录在《古文真宝》中，因而日本的读书人对其并不是全然陌生。据说芥川龙之介也十分喜欢这首诗。

琉璃钟，琥珀浓，小槽酒滴真珠红。
烹龙炮凤玉脂泣，罗帏绣幕围香风。
吹龙笛，击鼍鼓；皓齿歌，细腰舞。
况是青春日将暮，桃花乱落如红雨。
劝君终日酩酊醉，酒不到刘伶坟上土！

刘伶是晋代竹林七贤之一，十分好酒，以至于写了一篇文章叫《酒德颂》。最后一句的意思是就连刘伶，也不要让酒流到他的坟上去！

李贺是一位想象力十分丰富的诗人，在中国文学史上是一个怪才。中国以现实主义文人为多，而他却是一个极端的浪漫主义者。比起现实，超现实之物更能吸引他。此外，色彩感强烈也是他的风格特点，上面这首诗中也是如此。琥珀和红珠、皓白的牙齿、如红雨般乱落的桃花等，勾勒出一个五光十色的世界。此外他的《残丝曲》也堪称杰作。

垂杨叶老莺哺儿，残丝欲断黄蜂归。
绿鬓年少金钗客，缥粉壶中沉琥珀。
花台欲暮春辞去，落花起作回风舞。
榆荚相催不知数，沈郎青钱夹城路。

晋代沈充铸造的小铜钱，其形状和颜色都与榆果类似。除了这种大胆运用想象的形容方式以外，这首诗中的色彩也斑斓瑰丽。在普遍如水墨画般的中国诗文中，李贺的诗作的确是一个另类。

李贺生于唐贞元七年（791），二十七岁韶华付梦，是一位天才诗人，据说他与杜甫有血缘关系。他的出生地是洛阳以西的昌谷。由于英年早逝，除了洛阳与长安以外，他未能到其他地方远游。

李贺在洛阳郊外与前辈皇甫湜作别时，作了下面这首诗。

洛阳吹别风，龙门起断烟。
冬树束生涩，晚紫凝华天。
单身野霜上，疲马飞蓬间。
凭轩一双泪，奉坠绿衣前。

尊崇李贺的晚唐诗人李商隐，写了一篇《李贺小传》，其中对李贺相貌的描述是体瘦、浓眉、长指甲。李商隐出生于唐元和七年（812），也就是说李贺死时他只有五岁。有耽美倾向的李商隐对李贺有好感倒是理所当然，而这种倾向与晚唐的风气也应当不无关系。

唐大中元年（847），李商隐随刚当上桂州刺史的郑亚前往桂林，做了他的掌书记。那是白居易死的第二年，李商隐三十六岁。在那里，他作了一首名为《桂林》的诗。位于广西北部桂林，在唐代还是人迹罕至之地，也很少成为诗歌的题材。

城窄山将压，江宽地共浮。
东南通绝域，西北有高楼。
神护青枫岸，龙移白石湫。
殊乡竟何祷，箫鼓不曾休。

长安西南有一个叫“乐游原”的出游地，李商隐在那里作了一首五言绝句，晚唐的氛围在这首诗中得到了充分体现。

向晚意不适，驱车登古原。
夕阳无限好，只是近黄昏。

“意不适”的意思是没有来由地感到烦躁。如果知道来由，倒是可以对症下药，但由于烦躁的原因无处可寻，因此也就无可排解。于是，为了抒发情绪，李商隐驱车去了乐游原。那里的夕阳非常美，但也终是稍纵即逝。盛唐时那种豁达大度的格调，在这里已经看不到了。王朝近黄昏，人们只感到一种无名的不安。尤其是诗人，因为直觉敏锐，时代的变化更是直接影响到他们的心境。

湍流不息的唐诗大河中，有几条静静流淌的支流，那是躲开世间名利、隐遁深山的隐者们极易被忽视的声音。浙江天台山向来以隐者闻名，三百余篇寒山诗是隐者诗的代表作。寒山应该不是一个特定的人名。即便当年真的有名叫“寒山”“拾得”的人物存在，现存的寒山诗也不是他们的个人作品，而是许多隐者的作品合集，是隐者们假托寒山的名字作诗。说到底，以自己的名字发表作品本来就不像隐者的做派。

人问寒山道，寒山路不通。
夏天冰未释，日出雾朦胧。
似我何由届，与君心不同。
君心若似我，还得到其中。

诗中虽有道教气息，但其中的佛教色彩一样浓厚。这也许是此时即将兴起的南方宗禅的声音。不仅是天台山，想必各地的名山中都有隐者隐居，对人世间的种种名利说“不”。

《西游记》之旅

《西游记》是明代长篇神魔小说，一般认为作者是吴承恩。

唐代初年，高僧玄奘违反国家禁令，离开长安，取道天山南路，进入印度北部。经过十六年的旅行和修行，最后带回大量佛经。玄奘的这一伟大业绩在民间也广为流传。经过人们的想象，他一路上的苦难被抹上了神秘色彩，发展成为充满神魔故事的通俗传说。这些传说故事在元代时已经成为杂剧的题材，孙悟空粗暴却又天真直率的性格深受平民百姓喜爱。到了明代，它已经发展成一部语言幽默、充满幻想色彩的长篇浪漫主义作品，借用动物形象来揭露人类社会的矛盾，并对世俗进行了彻底的讽刺。

孙悟空的诞生

鲜有故事能像让孙悟空大放异彩的《西游记》那样在中国脍炙人口。虽然《西游记》的作者为吴承恩（约1500—1582），但看起来唐三藏去天竺取经的故事很早就已经出现了。直到今天，还有一些断断续续的记载表明，并非所有故事都是吴承恩原创的。

福建省泉州市的开元寺中有一塔，塔里有一个雕像神似孙悟空。其头部是明显的猿猴，左手握大刀，右手当胸，腰上挂着《孔雀王经》。开元寺建于唐垂拱二年（686），于开元二十六年（738）更名，当时各地都建起了名为“开元寺”的寺院，这座寺院是其中之一。只不过，现在的泉州开元寺已几经后世重建与修复。据说，唯一从建寺之时保存至今的，就是寺中的一棵茂盛得仿佛要把围墙劈开一般的桑树。寺中有东西二塔，各有四十多米高，结构优美，颇为有名。形似孙悟空的雕像在西塔内。这座塔是南宋嘉熙元年（1237）所建，这一点已经过准确考证。也就是说，在吴承恩写就《西游记》的大约三百年前，就已经有猴僧这种形象了。

有一本书叫作《朴通事谚解》，具体成书年代不详，只知道是在中国元代，朝鲜人把学习汉语的课本《朴通事》加注了朝鲜语的发音和解释而成，在当时应该是权威性的会话教科书。其中有这样的对话：

“要买什么书？”

“就买《赵太祖飞龙记》和《唐三藏西游记》吧。”

“要买就应该买《四书六经》。读孔子的书，能知晓周公之理。要那种‘平话’做什么用？”

“《西游记》写得很热闹，适合无聊的时候读。”

从这段对话中也可以看出，在吴承恩之前的时代，已经有了名叫“唐三藏西游记”的书。而且可以看出，当时它被人们称为“平话”（简单易懂的故事书），在知识分子眼中是难登大雅之堂的。

这部《唐三藏西游记》可能是说书记录。宋代时在闹市中说评书的娱乐活动一度十分流行。

北宋灭亡后，秘密写成的描写北宋都城东京（开封）的《东京梦华录》中说，当年东京有五十多个勾栏（剧院），大的能容纳数千人。书里还提到一个叫“尹常卖”的讲五代史的人，指的肯定是说书先生。那时候还有一种职业叫“说三分”，三分指的是三分天下，也就是三国时代。不仅在集市街头，寺院也将大量人群聚集起来讲经。据传，在开宝寺、仁王寺等寺庙中，曾有僧侣坐在狮子上讲解经义。当然，这里说的不是真狮子，而是被雕刻成狮子形状的坐台。

想来我们的孙悟空应该是在集市和寺院的互相影响之中诞生的。

在剧院说书，如果说得没有意思，就招徕不到客人。由于是吃饭手艺，肯定要对故事情节与叙事技巧多加注意。如果能引起人们的兴趣，得到好评，就会有更多的客人光顾。说书先生注意观察听众的表情神态，他们会将听众反应平平的地方删去，吸引听众注意力的部分着重渲染，再三打磨。在寺院说法也是一样，如果不吸引人，善男信女就要打瞌睡了。讲经也是要下功夫的。

我猜想，最开始讲述西游记故事的地方应该是寺院。唐三藏历尽千辛万苦，终于从印度取回宝贵的佛经，这个主题对于佛寺来说实在是再合适不过了。路途上的种种艰辛逐渐化作妖魔鬼怪，然后又诞生了一个打败他们的超级英雄，名叫“孙悟空”。泉州开元寺西塔的雕刻，似乎暗示着孙悟空是诞生于佛寺之中。

也许是因为佛寺里讲的故事实在太有趣，已经可以拿出来卖钱了，所以也逐渐成了街头说书的题材。

就像前面说的那样，以说书为谋生手段的人，对听众的反应十分敏感，换言之就是有投听众之所好的倾向，这一点对主角也成立。由此推之，孙悟空可以说是由当时百姓打造出来的一位大明星。

本来，《西游记》的主角是玄奘。但是，玄奘毕竟是历史中真实存在的人物，而且有高僧之名，说书先生和作家不可能让他拿着武器去打妖怪。其结果是，玄奘在《西游记》中的存在感变弱了。每当发生事情，总要指望徒弟孙悟空等人解救，他才能脱离险境。

但是，历史上真实的玄奘是一位意志坚强、英姿飒爽的人物。在佛学上，他是一个不可多得的天才，是一位内外兼修的美男子，接触过他的人，多半会被他的魅力所倾倒。

当时，唐朝的佛学界处于越深入研究佛法越研究不明白的状态。

南北朝时期，不管是南方还是北方，佛教都是受到政策保护的。特别是北方，由于总体呈现出多民族政权的面貌，必须有一种能够把国家统一起来的东西，佛教就扮演了超越民族的宗教的角色。然而，当时佛教理论却有这样的弱点，那就是只要一认真研究，就会百生困惑。之所以如此，是因为当时传入中国的佛教经典并不完整。为了解释这些困惑，就须前往佛教的故乡——印度研习佛经，并尽可能把它们带回来。

有这种想法的并非只有玄奘一人。有不少人愿意去印度，他们联名请求国家允许出国。但是，当时唐朝开国伊始，边境尚不安定，因此禁止人们出国，即便是僧人也不能例外。请求被拒绝，想去印度的僧人们都灰心了。唯一没有放弃的，就是年轻的玄奘。

关于玄奘的生年，有隋开皇二十年（600）和仁寿二年（602）两种说法。他出发前往印度是在唐贞观三年（629），那时候他还是个不到三十岁的年轻僧人。当然，由于未获许可，他是偷偷出国前往印度的。

唐三藏踏上旅程

在《西游记》中，玄奘是唐太宗的结义兄弟。太宗发给他护照，以盛礼送他出了长安。出发时间为贞观十三年，比历史上的时间晚了十年。作者吴承恩是有意改变年代的，他是要在此处暗示“本故事纯属虚构”。此外，按照第一百回的描写，玄奘回国是在贞观二十七年。实际上，唐太宗死于贞观二十三年，第二年改元永徽，也就是说根本就不存在贞观二十七年。虽然吴承恩科举落榜了，但从其作品来看，也是有着相当的学识，至少《资治通鉴》肯定就放在手边，他不可能不知道没有贞观二十七年。公然把不存在的年份写出来，只能认为是为了强调故事的虚构性。

作者既强调故事的虚构性，同时又将玄奘和唐太宗等真实人物，以及金山寺和相国寺等真实的佛寺写进了故事里。

在《西游记》中，玄奘是被镇江金山寺的和尚捡来养大的。历史上的玄奘既有父母也有兄弟，与二哥一起在洛阳的净土寺学习《涅槃经》《摄大乘论》等经典。也许是金山寺更出名，更能吸引听众吧。

金山寺因《白蛇传》而闻名。上田秋成《雨月物语》[1]中的“蛇性之淫”就是以其为参考的，因此这段故事对于日本人来说也耳熟能详。金山寺的法海禅师把许仙藏在自己的寺院里，因为许仙的妻子是一个白蛇精。白蛇精去金山寺寻夫，这就是京剧中著名的曲目《水漫金山》。白蛇精被法海封进钵中，而法海为了镇守这个钵又造了一座塔，这就是西湖畔的雷峰塔。雷峰塔于1924年倒塌了。鲁迅认为法海多管闲事，拆散恩爱夫妻，听说雷峰塔倒了，他的心情甚是“欣喜”。

我在镇江等候去对岸扬州的渡船的时候，曾经远眺金山寺。那里以前是长江中的一座岛，因此又称“浮玉寺”，但现在已经与陆地连在一起。日本有一种食品叫作“金山寺味噌”，想必日本人对这个名字也很熟悉。

《西游记》的作者以在虚构的故事中插入真实存在的

1　日本江户时代后期著名作家、学者上田秋成（1734—1809）所著鬼怪小说，成书于1776年，取材于中国白话小说等，被称为日本鬼怪小说的巅峰之作。

人名和地名的方式来吸引读者，这种手法现代作家依然很常用。

《西游记》里，唐太宗曾经去过一次冥府，求得延命二十年并还阳，作为答谢，在开封建了相国寺，这当然也是虚构的。相国寺建于唐代以前的北齐天保六年（555），起初称为建国寺，在唐代更名为相国寺。可以看出，作者是很随意地往虚构的故事里添加实际存在的名字。

唐太宗是有代表性的一代名君，而他的“贞观之治”也经常被拿来作为理想治世的典范。在吴承恩以前，民间可能就流传着太宗堕入冥府又还阳的故事。虽然是一代名君，但唐太宗在继位之前曾有过弑兄屠弟之举，即玄武门之变。之后，他逼迫父亲唐高祖退位，强行登上帝位。不管他作为皇帝获得多么高的评价，百姓对他的过去可能还是难以释怀，一度堕入冥府的传说也许是百姓对其所作所为进行的一种惩罚。

根据玄奘的弟子慧立和彦悰撰写的《大慈恩寺三藏法师传》记载，玄奘是贞观三年八月上路的，他与从长安返回秦州的僧侣一起秘密出发。唐太宗别说送行，恐怕都不知道玄奘其人。当时，适逢突厥的颉利可汗首次称臣，并派来使节，太宗肯定正因突厥问题而忙得不可开交。

玄奘在秦州与同行的僧人分开后，又遇到从秦州去兰州的人，于是又与其同行向西。到了兰州后，又有从凉州运送官马的人要回凉州，又与之同行，继续向西行进。就这样，玄奘总是能遇到有缘同路的人，从而能将他的旅行继续下去。在凉州，都督命他回长安，但他得到名为惠威的僧人的帮助，得以偷偷逃出凉州。他并不能大摇大摆地旅游观光，《三藏法师传》中的记载是“昼伏夜行，遂至瓜州”。等到了瓜州，他已经是被指名通缉的人物。州吏李昌是一个虔诚的佛教徒，他当着玄奘的面，把通缉令撕得粉碎。

可以说，玄奘能够到达印度，一路上靠的都是这种“佛缘”。

大战众神

说起玄奘去天竺取经的故事，佛教在其中扮演了极为重要的角色。不过，《西游记》中并不是佛教一家独大，道教的元素也极其丰富。

道教奉老子为太上老君，但这并不是说道教等于老庄。老庄思想的追随者自古称为道家，代表的是一种思想体系和生活方式，而道教作为一种民间信仰，与之是有区别的。

《西游记》中，玉帝、西王母等道教中的神与佛教中的如来和观音等一同登场。

从石头中诞生的孙悟空，故乡为东胜神州傲来国花果山。佛家经典中把位于须弥山之东的大洲称为“东胜身州”，至于“身”是被误写成“神”还是有意为之则不得而知。总之，这是一个与佛教渊源极深的名字。但是，傲来国中的“傲来”其实是泰山的一座山峰的名字。泰山自古是天子举行封禅大典的名山，道教色彩极其浓厚，以至于其山顶被称为玉皇顶。

傲来峰位于玉皇顶的西南，在它前面，扇子崖和芙蓉峰之间，有一个叫西百丈崖的斜坡，水从斜坡上流下，注入黑龙潭。在黑龙潭略微上游的位置有一座长寿桥。我曾经立于桥上仰望南天门，那感觉有如在仰望仙界。

黑龙潭略微下游的是龙潭水库，旁边则是冯玉祥（1880—1948）之墓。我感觉自己从仙界突然穿越回了近代。

据说，江苏省北部的连云港附近有一座山叫作花果山，但是也有人主张真正的花果山水帘洞在泰山这里。我在造访福建省乌龙茶产地武夷山的时候，听说山里有一个地方叫水帘洞，感到十分惊讶。洞口前的水像一层薄膜一样流下来，像水做的帘子一样，很自然地让人想以“水帘洞”相称。除了那里，听说浙江、四川、广东、陕西、湖南等地也有水帘洞。

泰山山顶有一座玉皇庙，不用说，当然是祭祀道教的最高神玉皇（玉帝）的场所。不过，当地人相信，泰山真正的神应该是位于玉皇顶稍微往下一点的碧霞祠所祭祀的东岳大帝之女碧霞元君。在更靠近山麓的地方，还有一座叫“斗母宫”的大庙。

圣山往往是禁止女性涉足的，不过泰山的参拜者反而以女性居多。泰山的祭祀日是农历的三月二十八，当地人称为“娘娘生”（女神的生日）。我于1980年5月11日登上泰山，正好是农历三月二十八。登山者中三分之二是女性，令我意外的是有许多老年妇女冒雨登山。明代谢肇淛的随笔集《五杂俎》中，对于圣山被女人“攻陷”描写道：“其倒置亦甚矣。”我认为这种现象与信仰西王母有关。

在神话学者眼中，西王母是否是女神似乎是不确定的。其形象为蓬发，长有虎牙与长豹尾，会发出咆哮，既是疫病之神，又是拥有长生不死之药的治疗之神。

西王母在瑶池畔举行蟠桃盛会，孙悟空没有被邀请，因而大怒，最后在天庭中大闹一场。蟠桃这种形状扁平的桃子可能就是长生不死之药。天庭专门举行吃桃盛会，这在天庭中是一项很重要的活动，参加者要经过严格挑选，像孙悟空这样不懂礼仪的山中野人当然不在受邀之列。

孙悟空的这番大闹，就是京剧中的著名曲目《大闹天宫》。悟空带领群猴造反，奉玉帝之令前往镇压的，正是二郎神。

在《西游记》中，二郎神是玉帝的妹妹与下界的男人私奔生下的。

二郎神是有真实人物原型的。战国末期，秦孝文王时期（前250），蜀郡太守李冰与其儿子一起负责该地的治水工程建设，儿子的名字叫李二郎。位于成都西北大约五十千米处灌县的都江堰，便是李氏父子所修建，当地人民大受其惠。司马迁在《史记》中也称赞李氏父子的功绩，写道“百姓飨其利”。

1974年，都江堰一带出土了石雕人像，高近三米，重达四五十吨，背面可以读出蜀守李冰的字样及东汉建宁元年（168）的年份。看来，从水利工程中受益的百姓很早就开始祭祀李氏父子了。岷江江畔的玉垒山中有一座“二王庙”，就是祭祀李氏父子的庙宇，其中可以看到他们的英姿。该庙创建于齐建武元年（494），起初称为崇德庙，宋朝时李氏父子被朝廷追封为王，于是该庙改名为二王庙。

李氏父子出于治水工程的需要，将原本岸边的一处地方切割出去，做成一个河中岛，叫作“离堆”，并在那里建起了一座庙，叫作“伏龙观”。传说李氏父子在治水的过程中，曾经降伏一条龙。据说新出土的巨像如今就安置在伏龙观中。

李二郎生前完成了伟大的业绩，死后被当成神，被人们祭祀。天界把他请来对付孙悟空，终于将这只撒野的猴子降伏了。可是，处决孙悟空时却遇到了麻烦：用刀砍脖子，结果刀断了；用斧头劈脑袋，斧刃砍坏了；用枪刺胸口，枪头又折断了。实在没有办法，只好将孙悟空封入八卦炉中，连烧四十九天。可是孙悟空一脚踹翻了八卦炉，再次把天庭搅得一片混乱。

来自道教的玉帝对这个暴徒实在是束手无策了，只好派遣使者去西天，向佛教的如来佛祖求援。如来把孙悟空镇在五行山下。孙悟空在天然的石牢里被关了五百年，最后被路过的唐三藏救出，成为其弟子，一同前往天竺。

前往西域

有一种说法称泰山的王母池就是西王母的瑶池，但泰山是东岳，与西王母的“西”不符。新疆维吾尔自治区乌鲁木齐市郊外的天山山脉中有一座博格达山，山中有一个天池，不知最早是谁说，这个天池正是西王母的瑶池。

该地离乌鲁木齐大约两小时车程。博格达山有“秀山”之称，海拔5445米，天池位于该山约海拔2000米的位置。我是在9月初去的那里。记得当时断断续续地下着小雨，我是穿着借来的军大衣上去的。

天池是一个大湖，在它稍微往下一点的位置有一个小湖。传说，西王母用天池之水沐浴，而用下面的湖水洗脚，这真是充满幽默感的想象。

玄奘并没有经过这一带。他秘密越过玉门关，与带路的当地人一起前行，但是后来那人害怕了，打算回去。连当地的人都害怕，可见前路不是一般地难走。玄奘让他回去，自己一个人继续旅程。

玄奘走过了八百里[1]的莫贺延碛。那里天上无飞鸟，地上无走兽，人称其为沙河。玄奘一边默念《般若心经》，一边牵着马拼命前行。

> 夜则妖魑举火，灿若繁星；昼则劣风拥沙，散如时雨。

这是对当时情景之恐怖的描述。但是，真正折磨玄奘的并非景象的恐怖，而是干渴。他甚至曾经五天四夜滴水未进。

《西游记》中，河童沙悟净正是从沙河中跳出来的。当然，说沙悟净是一个河童，是日本的翻版，原文中并没有“河童”这种说法。河童本是日本之物，中国和印度应该都没有。

沙悟净是一个毛发凌乱、目色赤红、脸色非黑非青、吼声似雷似鼓的奇特妖怪。

1　1里相当于500米。

《西游记》唐三藏师徒四人中，沙悟净是一个颇耐人寻味的角色。孙悟空是敢作敢当的真性情，勇敢而质朴，是一位纯真的豪侠，角色很鲜明。与他相反，猪八戒则贪吃好色，可以说是人类欲望的化身，角色也很鲜明。只有沙悟净显得有些一般化，因而并不起眼。只不过，在这个过于热闹的故事中，有时候一个人太普通，反而引人注意。

西域的流沙，说到底是沙子，并不是流水。但是，有不少地方沙子的颜色，就像沙悟净脸的颜色一样非黑非青，让人联想到水。

玄奘穿过流沙河，到达伊吾，伊吾位于今天的哈密县。适逢高昌国的使臣在伊吾暂住，他向高昌王汇报了玄奘的事情，高昌王请玄奘无论如何都要去一趟。

到了伊吾后，玄奘本来计划沿着天山北路的草原进入印度，但是由于高昌王的盛情邀请难以拒绝，只好从博格达山的南面进入吐鲁番盆地。这是玄奘最后改变计划走了天山南路的个中缘故。

吐鲁番盆地海拔为-154米，是世界上海拔最低的盆地，其地形像一个蒜臼的底部一样。到了夏天，其炎热是语言所无法形容的。博格达山南部突出的山脉中，有一处没有一草一木、表面完全裸露的地方，上面有纵向的侵蚀痕迹，这就是著名的火焰山。透过高温产生的空气湍流看去，的确像是熊熊燃烧的烈焰一般。

《西游记》中的说法是，火焰山周边八百里都是绝对无法通过的火海，但却还是前往天竺的必经之路。那一带的百姓都是向铁扇公主借芭蕉扇，将火扇灭，之后才能进行耕作。那芭蕉扇是一扇火灭，二扇风起，三扇雨生。

铁扇公主是牛魔王之妻，孙悟空曾经打败过她的儿子红孩儿。红孩儿战败投降，成为善财童子继续修行，但是铁扇公主却把孙悟空视作仇人，不肯借他芭蕉扇。孙悟空没有芭蕉扇灭火焰，师父唐僧就去不了天竺，所以即便靠抢也要拿到扇子，于是自然是一场恶斗。铁扇公主毕竟是女子，颇有姿色，作为戏剧题材来说正合适。《芭蕉扇》也是京剧《西游记》中具有代表性的一个曲目。

吴承恩是否知道吐鲁番盆地北边有一座山叫火焰山呢？也有说法称顺序是颠倒过来的，是吴承恩先在《西游记》里使用了火焰山这个虚构的地名，然后人们再在现实世界中找一座山把这个名字安上去。《隋书》将高昌北部的山称为赤石山。唐代在那一带设置了金山都督，由此可见它也曾叫作金山。《明史·西域传》里还出现了“火山”这个叫法。

我去过吐鲁番盆地好几次，8月末的时候，那里的气温每天都在四十摄氏度以上，超过四十五摄氏度的时候也有。虽然非常炎热，但由于没有湿气，所以只要在家里或是在葡萄架的阴影中，倒也并不是那么难熬。

玄奘被请去的高昌国的国都，位于今天吐鲁番县城东面约四十六千米处，其遗迹保存至今。那里夏天气温超过四十摄氏度，接近五十摄氏度，冬天则降到零下二十摄氏度，气候十分极端。不过，那里降水量极少，年均降水量大约三十毫米，接近于完全不降雨，这种干燥的气候条件有利于遗迹保存。根据报告，地表以上的部分难免会被人为破坏，但地下的遗迹，只要出土，肯定是保存完好的。

高昌故城遗址的附近有高昌国贵族的坟墓，被称为阿斯塔纳古墓群。那里出土了许多文化遗产，被考古学家视为宝库。

所谓西域三十六国，其实一处绿洲就是一国。在西域诸国之中，高昌国是一个与众不同的国家。当时，居住在丝绸之路附近绿洲的百姓多为雅利安人，讲吐火罗语（属于印欧语），各国的首领也是如此。但是，高昌国国王却是汉人，其王朝姓氏为麴。玄奘去的时候，国王是一个叫麴文泰的人。

为什么唯独在吐鲁番盆地会出现一个汉族王朝呢？人们

推测是因为它离中原最近，因中原的战乱而无家可归的人们大量逃到那里的缘故。从汉武帝时起，这一带就有汉族的屯田兵。

高昌国国王麴文泰完全被玄奘的人格魅力所倾倒，希望他留在那里教化国民。但是，玄奘为了取经，必须去印度，这个志向始终没有动摇过。高昌王几乎是在强迫他了，而他则以绝食来对抗。面对意志如此坚定的玄奘，最后高昌王也不得不放弃了。但是作为交换，他要玄奘从印度返回唐朝的时候在高昌生活三年，并且承诺给予他王公级别的待遇。

绿洲中的小国

玄奘在高昌国讲了一个月的《仁王经》，之后离开高昌国继续西进。

由此也可以看出，虽然现在那一带的居民基本上都是穆斯林，但当时那里盛行的是佛教。高昌国遗迹位于一个叫作哈喇和卓的地方，考古工作者在那里进行了大量遗迹调查工作。发现当时人们不仅信仰佛教，聂斯脱里派基督教（当时称景教）、琐罗亚斯德教（当时称祆教）、摩尼教等也都各有信徒。壁画上有基督教中的带翼天使，还发现了摩尼教经典的部分篇章。但是，7世纪时最具优势地位的无疑是佛教。高昌故城东北不远处的山中有一个石窟寺群，叫柏孜克里克千佛洞。其中所有石窟均与佛教有关，部分石窟为隋代所建，也就是说玄奘到达那里的时候，营造工程已经开始了。

吐鲁番盆地中重要的绿洲城市的遗迹除了高昌故城以外

还有交河故城。该遗迹位于吐鲁番县城西面约十二千米，虽然比高昌故城要小一圈，但留在地表之上的古建筑遗迹比高昌还要多。高昌故城只有宫殿和寺院等大型的遗迹被保存下来，而交河故城则有较小的民宅遗迹，这对研究者来说是很有吸引力的。

《大唐大慈恩寺三藏法师传》记载，玄奘从高昌出发继续西行，走过无半城、笃进城，进入阿耆尼国。无半城和笃进城应该分别位于今天的布干和托克逊一带。现在从吐鲁番到天山南路正在修铁路，被称为南疆铁路。1980年夏天我去的时候，到库尔勒为止的线路已经开通。我坐到了中途的鱼儿沟，也穿过了托克逊。那里位于吐鲁番盆地的西面，目之所及，皆是一望无际的沙漠。

高昌王赠送给玄奘民夫二十五人、马三十匹、黄金百两、银三万两，以及绫绢五百匹等物，因此，玄奘这一段的旅程应当比经过莫贺延碛要轻松得多。

玄奘回到大唐以后，写下《大唐西域记》。此书是关于西域各国的地志，玄奘本人没有在书中出现。这本书是从阿耆尼国开始写的，没有写关于高昌国的事情。

玄奘与高昌王的约定，即归国路上在高昌国住上三年，最终没能兑现，想兑现也不可能了——玄奘在印度留学期间，高昌被唐灭掉了，吐鲁番盆地纳入了唐的版图。

《大唐西域记》从阿耆尼国开始写，其背后原因便是上述局势的变化。没有写高昌，是因为那时候高昌已经不是外国了。

高昌因为与唐为敌，因而被唐所灭。高昌国国王麹文泰是汉族人，其王朝一向有亲汉的传统。隋代时，他的父亲麹伯雅就曾入朝并随隋军出征，参加了远征高句丽的战争。玄奘继续西行之后，麹文泰也曾经造访长安。因此，高昌国被认为是西域各国中最为亲唐的国家。那么高昌又为什么要与唐为敌呢？

有道是血浓于水，但还有更重要的东西，那就是国家利益。国家利益的背后，则是国民的生活状况。

吐鲁番盆地是东西贸易路线上的要冲，东来西往的商旅聚集在这里，互通有无，开展商贸。高昌国的人想必也会组织商旅进行贸易活动。

玄奘之所以没有去敦煌，而是在其旁边越过了国境线，是因为当时丝绸之路的主干道是伊吾道。这条道穿过莫贺延碛，从伊吾（哈密）走出吐鲁番盆地并通向天山南路。从敦煌出玉门关和阳关，穿过位于罗布泊旁边的楼兰到达天山南路的楼兰道，当时处于封闭状态。

如果走楼兰道，就可以不通过吐鲁番盆地而到达天山南路的阿耆尼国，距离上比较近。

《大唐西域记》又称阿耆尼国为焉耆，位于今天的喀喇沙尔。与高昌交恶的阿耆尼向唐请求重开故道，唐有准许之意。所谓“故道”便是楼兰道。

一旦故道重开，吐鲁番盆地将远离主道，其未来的命运可想而知，高昌是非反抗不可。

玄奘虽然拿着高昌王的介绍信，阿耆尼却没有给他好脸色，连换骑的马也不给他，他只住了一夜便匆匆上路。由此也可以推断两国的关系并不友好，更何况还面临利益冲突。

高昌决定阻止阿耆尼重开旧道，攻打阿耆尼。为此，高昌与突厥结了盟。高昌虽然是汉人王朝，一向亲唐，但要想在西域的绿洲中保住一方土地，就不能完全忽视两个超级大国中的任何一方。当时的两个超级大国便是唐和突厥。为此，高昌王麴文泰将自己的妹妹嫁给突厥可汗之子，将突厥作为自己攻打阿耆尼的坚实后盾。

阿耆尼因旧道重开的事情而与唐结盟。由于阿耆尼遭到攻击，唐派出了远征军。这不能不说是麴文泰判断失误，他以为唐没有发动远征的力量，这是因为他几年前去长安时，唐正爆发饥荒，因此给了他唐无暇顾及边境的错觉。而且，国中也有隋朝时曾经亲身入朝的人，与之比较，他得出了唐的力量较弱的判断。但是，这只是基于表象的判断。隋炀帝好大喜功，为了在外国人面前夸示天朝威风而极尽铺张粉饰之能事。与之相比，唐太宗则朴素务实，隐藏了自身的实力。

面对唐远征军的猛攻，高昌国不堪一击，迅速亡国。在高昌城即将陷落之时，麹文泰愁火攻心，忧病而亡。唐将高昌的领土设为西州，纳入中央直接管辖。

这是唐贞观十四年（640）的事情。

龙人传说

离开态度冷淡的阿耆尼，玄奘继续西行，到达屈支国。“屈支”又作“龟兹”，位于今天的库车。

> 管弦伎乐，特善诸国。

玄奘在《大唐西域记》中如是写道。生活在丝绸之路上的绿洲地区人民，无一例外都好歌舞。但凡有事，不分大小，总要奏起乐器，载歌载舞。在各绿洲民族中，龟兹人尤擅歌舞，自古就有“龟兹乐”的说法。

库车一带留下了许多佛教遗迹，仅我实际见到的石窟寺群就有克孜尔、库木吐拉和克孜尕哈三处。尤其是克孜尔千佛洞，在明屋塔格山中长达两千米的范围内分布着236处石窟。第17号洞窟入口处有交趾菩萨像，该石窟被认为是克孜尔最早的石窟，有说法称其刻造可上溯到东汉末年（2世纪末到3世纪初）。

渭干河的上游有克孜尔千佛洞，下游则有库木吐拉千佛洞。那里的石窟数量不及克孜尔的一半，但是传说玄奘曾在库木吐拉千佛洞宣讲佛法。从第68号窟到第72号窟的五座石窟中间有回廊相连，当地人称其为“讲经堂”。当年在其正面应该设有台子，现在岩壁上还残留着许多用来插入木头的孔隙。想来玄奘应是在石窟里，面对着台子上的人们讲经的。

在库木吐拉，既能找到古龟兹文字，也能找到汉字。由此可以看出，很久以前这个天山南路上的要冲之地就已经带有国际色彩了。这一点颇耐人寻味。

4世纪至5世纪，那里出了一个叫鸠摩罗什的高僧。他后来去了长安，从事佛典的汉译工作，日本人很熟悉的《法华经》也是他的译作。另外，虽然鸠摩罗什翻译了《摩诃般若波罗蜜大明咒经》，但我们现在一般读的《般若波罗蜜多心经》是玄奘的译版。玄奘是一边默念《般若波罗蜜多心经》一边穿过莫贺延碛的。但那时候他还没有翻译这部经，所以他默念的应该是鸠摩罗什的译本，这可以说是一种奇特的机缘。

玄奘在那里待了六十多天，等待凌山雪化，道路重开。他从那里北上，越过了天山。凌山被认为是今天的托木尔峰。

我1978年来到这里，沿着玄奘当年的足迹，走到库车县城北面约五小时车程的一个地方。那里有一个“大龙池”，地处吉尔吉斯人的游猎区范围之内。

玄奘的《大唐西域记》中有关于“龙池”的介绍，一般被认为指的就是这个池。

有一个传说，说这个池附近曾有一座城，但城内没有水井，居民用水是妇女们从池里打来的。后来，有一条龙化作人形与妇女们交合，使她们生下了龙子。龙子十分勇猛，脚力可比奔马，且桀骜不驯，不服从国王命令。于是身为城主的国王把突厥人放进城内，把龙子们全杀光了。

除了这个龙人交合的传说以外，还有龙马交合的传说。龙改变了外貌，与牝马交合，并生下了龙驹。人们完全无法驯服这匹龙驹，只能驯服龙驹产下的后代。因此，那一带多产名马。

龙潜于内的大龙池极为清澈寂静。大龙池再向北则是白雪皑皑的天山，它让玄奘吃了许多苦头。

大龙池的传说中多少有一些《西游记》的味道。龙在

《西游记》中也有短暂的亮相，太宗之所以堕入冥府，说到底也是因为龙王向他求救，他却未能兑现承诺的缘故。

孙悟空的万能武器如意金箍棒是从东海龙王那里抢来的，而唐三藏骑的白龙马则是西海龙王之子变的。

长久凝视着大龙池的水，不禁会产生《西游记》的世界仿佛就要从中浮上来的感觉。生活在那一带的吉尔吉斯人，即便是小孩子也会骑马，会让人想到龙子也不是没有道理。

在天竺的日子

玄奘进入印度，巡礼了佛教遗迹，在那烂陀寺中开始了研究生活。

那烂陀寺位于王舍城北郊，是当时世界最高级别的佛学学林。那里始终有多达数千名学徒，而将五十部经论全部修完的不过十人，玄奘就是其中之一。

《西游记》中，天竺的雷音寺上通西天，师徒一行在那里面见如来，得到了宝贵的经书。

现实中的玄奘则是在那烂陀度过了六年的研习生涯，想必每天都从事着繁重的研究工作。玄奘成了备受景仰的那烂陀寺最出色的精英。作为来自大唐的年轻学僧，其声名渐隆。当地人希望他留在印度，但是那烂陀寺的长老戒贤下令不得强留他人。

当时佛教在印度已经日渐式微，这一点戒贤心里很清楚。也许佛教在印度终会销声匿迹，但如果能让它在异国他乡生根开花，应该也是释尊心中所愿。出于这样的考虑，他特意没有挽留这位绝世天才。

玄奘遍访了佛教遗迹。那烂陀寺附近遗迹尤其多，其中最为重要的就是菩提伽耶的菩提树下的金刚座。释迦牟尼当年就是在那里悟道的，之前他在尼连禅河畔苦行了六年。当年释迦牟尼曾经藏身于前正觉山的石窟。

今天我们能看到金刚座，但一千三百多年前从遥远的唐朝来到印度的玄奘是看不到金刚座的，因为那个时代金刚座被埋在地下。玄奘在那里伏地痛哭，感叹生逢末法之世。

玄奘记录了菩提伽耶的大塔。大塔的建造年代不明，但是《大唐西域记》中有关于大塔的记载，那也就是说7世纪早期就已经有了。

对印度的石窟寺，比如阿旃陀、埃洛拉等，玄奘的记述过于轻描淡写。关于他是否真的去过那些地方，一直以来都有争议。《大唐西域记》关于阿旃陀所在的摩柯剌侘国一带的记载中，有这样的文字：

高堂邃宇，梳崖枕峰，重阁层台，背岩面壑。

这指的肯定是石窟。但是，他对于刻画在那里的精美壁画却是只字未提。

人们猜测，玄奘是641年的秋天踏上归国旅程的。看来他本来打算兑现与高昌国的约定。然而，高昌国在一年前已经亡国了。他是什么时候知道这件事的，我们不得而知。

一旦知道高昌亡国的消息，再走天山南路就没有必要了。越过帕米尔、出疏勒、取道昆仑北麓，即西域南路的路线，距离较短，相对比较轻松。

翻越帕米尔

去时最艰难的是翻越凌山（托木尔峰），回时最艰难的则是翻越葱岭（帕米尔高原）。

穿过巴达克山与瓦罕溪谷，进入帕米尔高原时，玄奘已四十二岁，距离出长安已经十六年。

玄奘称该地为“波谜罗川”，是把帕米尔溪谷的名字发音转换成汉字而成的。

玄奘在帕米尔山中的朅盘陁国待了二十天，那里位于今天的塔什库尔干地区。塔什库尔干塔吉克自治县地处新疆维吾尔自治区之内。

连接中国与巴基斯坦的中巴公路在帕米尔山间连绵不绝，那正是当年玄奘走过的路线。《三藏法师传》记载，在翻越帕米尔高原的过程中，玄奘曾经两次犯头痛病，可能是高山病的症状。玄奘两次犯头痛的地方分别叫作大头痛山和小头痛山。据推断，前者应为明铁盖达坂，后者应为苏巴什山。

从塔什库尔干出发，坐上吉普车两个小时左右就越过了苏巴什山。我们坐在吉普车上迅速翻越了过去，当然也没有犯头痛病，但玄奘在翻越时肯定万分艰难。

麻烦不仅是山高路险，还有山贼。玄奘一行人也遭到了山贼袭击，也因此惊慌失措的大象带着背上驮的宝贵经文掉进河里淹死了。

如今，越过帕米尔高原前往喀什的游客远远仰望慕士塔格峰（7546米）和公格尔峰（7719米）的银顶时会惊叹不已，但玄奘那时候根本没有欣赏风景的心情。

当时与大象一起损失的经文，后来在和田得到了弥补。

经过喀什、莎车、叶城后，玄奘一行最终到达和田（当时称于阗）。《大唐西域记》称和田为“瞿萨旦那”，据说是“大地之乳”的意思。

1977年，我曾经坐着吉普车走过这条西域南路。我们顶着清晨的星光从喀什出发，到达和田时已是深夜。沿路的风景颇似日本农村的景象，令我倍感亲切。

玄奘从和田出发，经过尼雅，又通过罗布泊之南的楼兰故地附近，到达敦煌。敦煌又称沙州。在那里他向长安上了一道表。他出发时是偷偷跑出去的，十六年后回国时却受到了隆重欢迎。

玄奘是在贞观十九年（645）正月初七抵达长安的。当时他是个四十三岁的中年男子。

也许，他真正发自内心地有了“回家”的感觉，不是在抵达长安的时候，而是在到敦煌的时候，因为游历了西域诸国的他在敦煌终于又嗅到了熟悉的唐朝文明的气息。敦煌虽说是连接西域的出入口，但其本身完全是属于唐朝的。

敦煌在当时应该是一座佛教城市，著名的莫高窟就位于其郊外。据说，其中最早的石窟寺是前秦建元二年（366）一个叫沙门乐僔的人兴建的。玄奘到达那里已经是将近三百年以后的事情了。鸣沙山里已经建起了为数甚多的石窟，鲜艳的壁画随处可见。

既然到了敦煌，玄奘不可能不去莫高窟。想必他在那里深刻感受到了唐朝的佛教氛围。毕竟玄奘那么多年接触的都是西域和天竺的佛教，估计唐朝佛教都快要淡忘了，现在有此机会，必定要好好重温一番。也许那时比较文化学的理论和知识就在他脑中萦绕着。

玄奘在的时候，敦煌的石窟寺还在如火如荼地营建着。因此他面对的不是遗迹，而是现场。同时，那时也是壁画正在从以释迦摩尼的前生故事为主题的本生经形式向西方净土图的形式转变的时期。

不管是柏孜克里克、库木吐拉、克孜尔，还是阿旃陀，玄奘对其中的壁画都不置一词，这多少有些奇怪。是因为值得玄奘记述的东西太多，没有顾及到壁画的缘故吧。

玄奘的远游事迹是惊人的。《三藏法师传》只是以平淡的口吻讲述着他所遭遇的艰辛，而玄奘自己撰写的《大唐西域记》则根本没有出现他的身影。虽然如此，人们还是有感于他那历经千难万险的旅程，因此写下了五彩缤纷的故事，讲述给后世的善男信女，《西游记》就这样诞生了。

沿着丝绸之路旅行，我们有时候会感觉到悟空、八戒、沙僧，那些可爱的角色似乎就在我们身边。故事是有生命的，那是从玄奘顽强的灵魂之杯中满溢出来的、充满灵气的一滴朝露。

#《水浒传》之旅

《水浒传》是明代长篇英雄传奇小说。关于成书，有元末明初作家施耐庵所作，以及施耐庵原作、罗贯中改编两种说法。

12世纪初，宋江等人在山东起义，在梁山泊占山为王，令官军大为头疼，但最终投降并被杀害。这段真实的故事逐渐被传为英雄传说，受到民众的喜爱，故事变得越来越饱满、宏大、有血有肉，由传说变为说书故事，又由说书故事变为杂剧题材，直到明初形成了如今的面貌。

该故事将史诗与自由想象结合到一起，通过描写像鲁智深这样出身低微、粗俗不法的莽汉，以及像林冲这样地主阶级出身、忠义勇敢的英雄人物的事迹，来揭露封建社会的权力斗争及平民百姓的悲惨境遇。

平民英雄

《水浒传》是以北宋末年为时代背景的小说。

北宋王朝时，东有契丹人的辽，西有党项人的西夏，受其压迫，与曾经的汉唐时期的大帝国相比，北宋总给人一种抬不起头的印象。

虽然北宋与女真人的金联合，成功地灭掉了宿敌辽，却又被曾经的盟国金褫夺了半壁江山，之后成为南宋，维持了一百多年。纵观这一段历史，也多少有一种扶不起的感觉。

从以征服为主旋律的历史角度来看，两宋显得很不起眼。但是，如果我们仔细分析向来被人们仰视的汉唐时期就会发现，当时富裕强大的似乎只有皇帝及其周围的人。

记述汉唐时期平民生活的史料极少，因此不能妄加论断。但从宋代开始，描述平民生活的史料迅速增加。由此看来，似乎平民是从宋代开始才过上了像样的日子。当然，也不能排除是其时代离我们更近的因素。

收藏于北京故宫博物院的《清明上河图》是北宋末年的张择端所画，描绘了清明节时首都汴京的繁华景象，可以说是平民百姓的生活第一次登上绘画的大雅之堂。

在汉魏墓和唐墓的壁画或是敦煌的壁画上，也可以见到关于平民生活的零星描绘。但是描绘的目的，其实是为了葬于墓中的王侯将相们能够将现世的荣华富贵带到死后的世界中，换言之，是把平民当成了自己的财产。死后的世界没有农夫就得不到谷物，没有仆从做各种事情也不方便，所以才把他们画到魏晋墓的壁画上。敦煌壁画中对平民生活的描写，其实是关于佛教故事的记述，也并不是把平民生活纳入艺术殿堂中。

与之相比，《清明上河图》则是出自关注平民生活、将其凝练为艺术的画家之手。这也许意味着平民的生活水平已经上升到了能够激发艺术家创作欲望的程度。

平民的身影终于出现在了历史舞台上。宋朝本身的实力强弱姑且不论，但对于平民的生活而言，这是一个比汉唐都更加富于人文气息的时代。

唐代传奇作品中也有平民登场，但主角依然一般为王侯贵族、才子佳人。平民生活的改善，也催生了被写进故事里的平民英雄。

《水浒传》是在更晚一些时候成书的，但其时代背景设定在北宋末年，时势造英雄，豪杰辈出。啸聚于梁山泊的一百零八好汉中，没有王侯贵族出身，最多也就是富农，即便是政府人员也不过是低级的差役，或是军队里的教头之流而已，完全可以说是平民英雄。

酒肆之巷

洛阳曾经是北魏都城，繁荣一时，后来因内战而荒废。有一个叫杨炫之的人，撰写了一本追忆昔日都城洛阳的《洛阳伽蓝记》，那是6世纪中叶的事情。

同样，在北宋都城汴京被金军蹂躏、王室逃到南方后，有一个叫孟元老的人撰写了一本追忆曾经一度繁华的国都的书，取名叫《东京梦华录》，时为12世纪中叶。

汴京原名汴梁，位于今天的开封市。由于其位置在古都洛阳的东面，因而称为东京，《水浒传》中的东京指的正是汴京。翻开《东京梦华录》，市井生活的一幕幕生动地展现在眼前。其文笔绝对算不上雅，俗语很多，对于各种事物和地名也都使用俗称，看来这位个人履历不详的孟元老应该不是文学之士，但是他的这种文笔用来描写市井生活则正合适。《水浒传》中有许多描写人物吃喝的情节，《东京梦华录》也是如此。作者对饮食的描写极其热衷，忘乎所以地罗列着大量菜名，读来令人垂涎。

自南北朝至隋唐，贵族社会一直有大雅不言饮食的观念。但是，宋代时这种粉饰的观念被抛弃了，转而形成了一种坦然享受生活而不加掩饰的风气。

饿了就吃，渴了就喝——《水浒传》在描写旅行时经常用这句话。也许是由于吃喝的事情太过理所当然，过去高傲的文人就把它当成废话而不提了。这句话开始像口头禅一样反复出现，定是这个时代平民的能量开始喷涌而出的反映。

《水浒传》又有一个典型套路，就是人们见面后肯定先去吃上一顿。第三回在渭州也是如此。鲁达、李忠、史进三人相逢后，立即就去了州桥边上的一家姓潘的人开的饭店，要了一些酒菜，聊起关于武艺方面的话题。

渭州是一个乡镇，可能没有什么大的饭店，但汴京的酒楼可是了不得。《东京梦华录》中介绍了一家叫任店的酒楼。一进大门，首先是一道长约百步的长廊，南北中庭两侧的走廊中，小包间一个接一个地紧密排列着。酒楼里还有妓女数百人，从窗口里招徕客人。而且，看起来这家酒楼还是二十四小时营业。

酒楼里有这样一群男性——他们不是店员，却负责点菜、安排妓女及供买东西的客人跑腿使唤，被称为“闲汉”。虽然字面意思是闲着的男人，但却是正经赚钱工作的人。负责给客人倒酒、献歌助兴、协调座位的男性被称为“斯波”，大致相当于日本的助兴艺人。也有的店是以不招“闲汉”和“斯波”为卖点而受到人们欢迎的。总之，酒楼热闹程度可见一斑。

那种氛围很是随便，甚至有些杂乱。由于杂乱，因此毫无矫饰。贵族社会以遮饰为贵，市井社会则以直来直去为乐事。《水浒传》的世界可以说是一个直来直去的世界。

如果我们借用“饿了就吃”的句式来形容《水浒传》的世界的话，那就是“生气了就打架，高兴了就大笑，悲伤了就痛哭，激愤了就砍人”。直来直去的性格直接导致直来直去的行为，赋予了这个故事以一种痛快的感觉。

提起京城里繁花似锦的盛况，人们便会想到大唐的都城长安。的确，长安是国际大都市，但要说起热闹繁华，可是远不及汴京。为何这样讲呢？因为长安是贵族之城，其风气偏向封闭保守。长安有一百一十个街区，被称作“坊”或是“里”，都有土墙包围。这相当于大长安城的城墙之内还有一百一十个互相分隔开的小城镇。一到日落，以鼓声为号，所有坊门全部关闭。长安市民在夜间是不能在自己居住的坊以外的地方走动的。然而在汴京，不管是谁，任何时候想去哪里就去哪里。长安的夜晚肯定是一片漆黑，与之相比，汴京真可谓不夜城。上文也提到，当时二十四小时营业的酒楼也不在少数。

仅从这一点来看，也可以看出两座都城的热闹程度不可相提并论。

而且，长安城中的商品交易只允许在东市和西市进行，所有的商店全在贸易区中，别的地方没有商店。而汴京对商品交易则不设场所限制，全市各处都有卖各种商品的商店。不用说，长安的东市和西市一到日落就关门了，因为买东西的人必须赶在坊门关闭之前回到自己居住的坊内。汴京的商店则不仅在场所上，在时间上也没有限制。

如此情形在贵族看来恐怕太吵闹了，就像《水浒传》这个故事的风格在贵族眼中过于直白、难登大雅之堂一样。

梁山泊

《水浒传》描写的并非真实故事，至少比《三国演义》有更多的虚构成分，实际上大部分故事都是虚构的。《西游记》只是借用了唐三藏远游天竺的史实，其余部分都是虚构的奇幻故事，《水浒传》与之类似。史书记载，北宋末期以宋江为首的三十六人曾揭竿起义，反抗政府。

> 宋江以三十六人横行河朔，官军数万无敢抗者。

这是《宋史·侯蒙传》中的一句话。从描述来看，起义者似乎是一股很强大的造反势力，但具体活动不详，除了宋江以外的人，连叫什么名字也不清楚。

《水浒传》创作出一百零八位好汉，是三十六人的三倍，并且不仅是姓名，连绰号都起好了。关于他们的一个个故事，恐怕绝大部分都是虚构的。那么，这些故事是怎样被创作出来的呢？

《水浒传》故事诞生在评书先生口中，这几乎是毫无疑问的。

汴京设有被称作“瓦子”的聚会场所。有一种说法叫“来则瓦合，去则瓦解”。瓦本来是或拼聚或拆散之物，所以人们就把人群集散的聚会场称为“瓦子”或者“瓦舍”。

瓦子里自然有成排的戏屋和戏场。根据《东京梦华录》记载，汴京的瓦子里有大小五十多个勾栏。所谓“勾栏”，本来指的是扶手，后来转喻为表演戏剧的戏屋和戏场。也许是因为许多人站着看戏，所以扶手才有了戏场的意思。日本的戏屋被称为“座”，中国的不叫“座”而叫“棚”，一个大的棚能容纳数千人。“莲花棚”“牡丹棚”“夜叉棚”“象棚”等大型棚的名字在《东京梦华录》中都出现过。可能是因为观众席上的扶手纵横排布，看上去像棚子一样，因而得名的吧。

能进入勾栏表演的艺人就算是走红了，而在之前尚默默无闻的时候，艺人是在街头展示才艺的。既有直接卖艺收钱的，也有利用表演吸引人群推销商品的。《水浒传》中有棍术高手李忠表演武艺、推销膏药的情节，由于地点是渭州街道上的空地，可知不是在勾栏表演而是在街头表演。

艺人们的才艺是多种多样的，当然也有做剪纸工艺品的艺人，其中最高级的是做名家书法剪纸的艺人，这一点极富中国特色。“好，下面是王羲之的‘兰’字。”“接下来是颜真卿的……”大概是这样一幅画面。

《水浒传》《三国演义》《西游记》都是在明代成书的，但在此之前，各地瓦子里的评书先生就已经在讲这些故事的雏形了。《水浒传》的时代背景是北宋末年，因此应该是宋朝迁到南方之后，在杭州等南方城市的瓦子里开始讲起的吧。

《西游记》脱胎于佛寺讲经。《三国演义》则有名为“说三分”的历史评书先生打下群众基础。与此二者不同，《水浒传》受欢迎正是因为它的人文色彩。

《水浒传》中当然也有些史实，但它并不是历史故事。《水浒传》中梁山泊的好汉们打败过辽，但宋大胜辽是有违史实的。为了让剧情能说得通，好汉们虽然赢得了战斗，但由于辽向宋的宰相蔡京行贿的缘故，宋江等人不得不把他们占领的城池归还回去。《水浒传》的前半部分是好汉们起义的故事，后半部分则是他们接受政府招安、参加对辽国作战及镇压各地起义势力的故事。接受招安后的宋江等人由于成了官军，开始讲大道理，因而不是很有趣。相比之下，前半部分的起义故事更加生动，读者会在不经意间被情节所吸引。也许是这个原因，省略掉后半部分、只到众好汉齐聚梁山泊为止的版本，即所谓的七十回本更受人们欢迎。不过，章回的区分方式也不尽一致，比较多的是一百二十回本。此外还有删去了讨伐田虎和王庆的情节、只保留最后讨伐方腊情节的一百回本。不过，前半部分基本没有被删节，那正是有意思的部分。

也有一种说法称，由于《水浒传》通篇都是讲起义的故事（前半部分是宋江等人起义，后半部分是他们去讨伐其他起义势力），因而不时地会被政府禁止发行。七十回本的普及是为了减少印刷用的底版被没收造成的损失的结果。

直到齐聚梁山泊为止的故事可以说是一种列传形式，描写的是个人的历史，而七十回之后，他们则开始作为一个团队来活动。

瓦子里讲的故事除此之外应该还有很多。听众是一般的平民百姓，只有受到他们欢迎的故事才得以传承，并被写成文字，流传至今。我觉得《水浒传》受欢迎的原因可能是它满足了民众抒发愤慨情绪的诉求。反抗政府对于平民来说是做梦都不敢想的事情，但面对世上的种种不平，人们也难免会有心怀愤恨、想要造反的心理。虽然自己无法实现，但听听那些瓦子里的故事，多少也能宣泄一下情绪。

如果要拿日本的作品打比方的话，《三国演义》大概相当于《太平记》[1]、《平家物语》[2]、《太阁记》[3]这一类，而《水浒传》则相当于描写“鼠小僧”[4]、国定忠治[5]、石川五右卫门[6]这些人物的作品一类。五右卫门干的可不是一般的偷盗，由于偷盗的对象是大名，因此惨遭烹杀。劫富济贫的“鼠小僧”、打击恶官的国定忠治等人虽然也是盗贼，却是深为百姓所喜闻乐见、暗自敬佩的侠盗义贼。

---

1 日本南北朝时期长篇军记物语（描写战争历史的小说），作者不详，描写了从后醍醐天皇继位、镰仓幕府灭亡、南北朝分裂到二代将军足利义诠死去、细川赖之管领就任为止约五十年间的历史故事，对日本后世影响很大。

2 日本镰仓时代军记物语，相传作者为信浓前司行长，描写了以平清盛为首的平氏家族的故事，与《源氏物语》并称日本古典文学双璧。

3 日本江户时代前期英雄传记小说，作者小濑甫庵，成书于1625年，描写了太阁丰臣秀吉的一生。

4 “鼠小僧”（1795—1832），江户时代后期著名义盗，名为次郎吉，相传他专入武家府邸行窃并施舍给穷人，1832年被处死，是后世日本文学、戏剧作品的常用题材。

5 国定忠治（1810—1850），又作国定忠次，江户时代后期的赌徒，本名长冈忠次郎，素有义侠之名，后被处死。

6 日本战国时代传说中的盗贼，据传于1594年被逮捕，并被处以烹杀之刑，是后世文学、戏剧作品的常用题材。

这类侠盗的故事，士大夫恐怕是不会喜欢的，因为他们的为人处世太过激进了。对渭州鲁智深打死镇关西的情节，描写不能不说有一些残忍。胡适简单干脆地说《水浒传》是赞美强盗的故事。在日本，国定忠治和“鼠小僧”的故事看起来也不太受武士阶层待见。虽说如此，但这些故事的作者肯定相当于士大夫阶层。毕竟肚子里没有墨水，是很难写出这样的故事的。

作者的故乡

很长一段时间里，人们无法确定《水浒传》的作者施耐庵是否是真实存在的人物，怀疑可能是别人假托的名字。近年发现的《兴化县续志》中记载了他的生平小传和墓志铭，可以说基本确定他是真实历史人物。其生年不详，但已知是元至顺二年（1331）进士。但是他只在官府里工作了两年，之后就回到故乡，专事写作。据说，他还参加过割据一方的张士诚的起义军。既然参加过起义，那么《水浒传》的故事中应该可以找到作者个人经历的影子。

张士诚是元末群雄之一，但最后胜利的是后来的明太祖朱元璋。对于抵抗到最后的张士诚势力，朱元璋进行了极其强烈的报复，连张士诚的大本营苏州都成了他怀恨的对象——那里被课以比其他地方更沉重的税负。施耐庵应该是活到了明初，但作为曾经协助过张士诚的人，他肯定不能招摇过市。根据上面提到的他的生平小传所载，他当时闭门不出，专心写作，这估计也是时局所迫不得已而为之。

施耐庵当年蛰居的兴化县，位于扬州东北约七十多千米，在长江与淮河的中间，西有高邮湖、洪泽湖等大湖，东有通榆运河，南有新通扬运河。如果从地图上来看，兴化县像是被表示沼泽地的细横线包围起来一样。

“水浒”是“水边上”的意思。梁山泊指的是梁山的码头。梁山旁边有一个东平湖，地图上那一带是用点状虚线画出来的。它表示的不是沼泽地，而是蓄洪区。发生洪涝时，那里会被水淹没。

由于黄河经常改道，今天黄河流域的面貌未必会与当年一样，但说都是水乡应该没错。

施耐庵的故乡兴化位于江苏省的正中央，与山东省黄河流域附近的梁山相距甚远。但是二者都是水乡，所以景象可能很相像，也许施耐庵是以兴化的水乡景色为原型描写梁山的。

考虑到施耐庵生于元末的动荡年代，之后又闭门不出，他的出游经历应该并不十分丰富，恐怕他也没有去过《水浒传》的主要发生地东平。当时恐怕也没有十分精确的地图，想要获得地志类著作肯定也不是那么容易。

《水浒传》毕竟不是纪实性小说，应该没有进行过十分详尽的地理考证。比如前面提及的渭州，如果从华阴县往延安方向走，那是走不到的。华阴县公子九纹龙史进前去拜访教他武艺的师父王进。王进人在延安，史进必须从华阴向北走，结果他却不停地向西而行到了渭州。作者可能是把位于渭水沿岸的渭南、渭城等城市当作渭州了。如果是这样的话，那确实是在从华阴前往延安的中途。渭州是唐代的名称，宋代叫巩州，元朝称巩昌，渭州变成了历史上遗留下来的俗称，而非官方名称。因此，在施耐庵的时代，渭州这个地名本身的用法可能就没有统一。

淮河一带被视为是种植小麦和水稻的分界线，中国所谓的北方和南方的分界也与这一带有关。按照这种分法，兴化人施耐庵算是南方人。他当了两年官，地点在浙江省钱塘，这已经是江南地区了。

可能就是因为作者算是南方人，虽然《水浒传》故事的主要发生地在黄河附近的梁山，但总体上却有一种南方的文化氛围。这里所说的作者指的不仅是小说的作者，就像之前提到过的那样，《水浒传》的故事是从宋受到金的压迫、迁都于南方杭州以后开始流传的。虽说是诞生于瓦子里的勾栏之间，但指的也不是汴京的戏屋，而是像杭州、苏州或是扬州等南方城市的戏院。因此，虽然是发生在北方的故事，但总体上却有一种南国的风土人情，也就理所当然了。

山东大汉

虽说《水浒传》早期流传的故事和实际成书的内容都与南方渊源颇深，但说到底，故事里登场的还是北方人。关于南北差异向来有一种极为泛泛的说法，说是北方人豪爽，南方人细腻。按照这个说法来看，故事中的人物也是植根于北方土壤之中的更多一些。

好汉们虽然来自五湖四海，不过还是以山东本地的为多。

打开战国时代的地图，会发现那里离齐、魏、赵三国交界处非常近。上文里引用过的《宋史》也说历史上的宋江曾经横行于齐魏一带。生活在多个国家边界交接地区的百姓，对政治很敏感。他们有时候属于齐，有时候属于魏。每次变更，经历都会有所不同，所以他们的思维方式逐渐灵活多变，经常起义也可以说是这一点的表现之一。

就对外战争的实力而言，北宋的表现令人不敢恭维，但其经济富裕程度可是首屈一指的。据说，在中国历代王朝中，宋朝是官僚队伍最为庞大、官员薪水也最高的朝代。除了正常的俸禄以外，朝廷还补贴官员祭奠死去亲属的香火钱及本人生病的慰问金，其数额也是不菲。曾有位居台阁的官员病时朝廷支发了慰问金白银五千两的记录。与辽、金、西夏等国家之间的和平关系，很大程度上也是靠金钱维持的。仅从这些事实来看，北宋的经济实力可见一斑。

但是，北宋也不是始终这般阔绰。到了北宋末期，一贯奢侈的人们不愿意降低生活质量，却难以找到新的经济来源。祸不单行，偏偏在朝廷经济困难的时候，出现了贪图享乐的皇帝。宋徽宗作为画家有着一流的水准，此外，他还是一位书法家，开创了瘦金体。但是，他为了这些娱乐活动花钱如流水。要维持宋徽宗奢侈的娱乐活动，就只有加税，或是加派新税种。

对于平民来说，增税和加新税可以说是给了他们的生活当头一棒，这意味着本来就不宽裕的生活又要横遭剥削。为了应对无限度的敲骨吸髓，维持自己的生活，人们当然会想出各种逃税的办法。

收不上来税，国家政策就容易向严刑峻法倾斜，而这自然会产生大量的罪犯。由于惩罚严厉，许多人不得不走上逃亡之路。逃亡者为了保护自己而结成团体，建立武装，抗击政府的追捕。

《水浒传》起义故事的根，大约就在于此。

梁山泊是水乡，渔业兴盛。梁山好汉中也有渔民出身的。好汉们的绰号，其中不乏如船火儿、浪里白条、圣水将等看上去跟水有关的。政府对于渔船是按艘征税的，而且不论渔船是否能带来收入一律征税，也就是说不是人头税，而是船头税。

为了逃税，渔民们往往隐匿渔船的数量。由于差役们会来检查，所以平时就把船藏起来。对于逃亡者来说，易于藏船的地方同时也是易于藏身的地方。

被逼上水泊梁山的好汉们似乎与附近的渔民站在同一条战线上。因为大家都在逃税，所以就能够产生共犯意识，使得他们互相庇护。北宋末期，逃犯这种重罪犯人与普通百姓合作，恐怕是王朝走向暮年的一种征兆。

逃犯集团拥有了武装，并且常常用武装来保护百姓。毕竟，逃犯大多过去也是百姓。

当然，也有差役因为不忍心向处于困顿之中的平民征税，因而被追究渎职责任的。有的差役因为袒护百姓而被追责免职。有时候罪责重大，差役也不得不逃亡。

梁山好汉中也有像宋江、林冲、李逵等下级差役出身的。不仅是梁山泊，当时各地起义团伙中都有曾当过下等差役的，由此也可窥知当时的社会状况。

在政府眼中，他们是逆贼恶棍，但百姓非但不恨他们，反而还对他们深表同情，那些得到他们的武力保护的还会感激他们。

《水浒传》能获得平民的好感，是因为他们对梁山好汉的故事产生了共鸣。好汉们为人率直，也正因如此，他们才会被逼上梁山。那些曲意逢迎、阿谀奉承之人就用不着上梁山了。《水浒传》在明末和清代曾被列为禁书，但它却顽强地流传至今。除了故事本身有趣以外，也是因为它展现了一种正直的人格，这种人格博得了大众的欣赏。

好汉们可能缺少风雅品位，但是他们刚正不阿、孔武有力，令人信赖。

“山东大汉”——至今仍有这种说法，意思是说山东省的男人大多体格壮实。的确，那里多出好汉体型的人。山东过去曾被称为青州，而“青州兵”则是精锐部队的代名词。

人们说三国时代的曹操走向称霸天下的道路，是从收编青州的黄巾军开始的。在鸦片战争及对太平天国运动的镇压中，清政府也都动员了山东的军队。“青州兵”的大名一直响彻在历史舞台上。

梁山之北与赵地接壤，再向北则是燕国的疆土。自古有说法叫“燕赵悲歌士”。那一带多出热血男儿，而且并不是单纯的莽汉。所谓“悲歌士”，指的是抱有忧国忧民情怀的浪漫主义热血男儿。他们感叹时局，悲愤交加，因而情不自禁地唱起悲歌。大历十才子之一、中唐诗人钱起，有一首名为《逢侠者》的诗。

燕赵悲歌士，相逢剧孟家。
寸心言不尽，前路日将斜。

敢为天下先、慨然赴死的人物，比如刺秦的荆轲，可以算是燕赵悲歌士的代表了。荆轲是卫国人，但原籍是齐国。他也曾游历过赵国都城邯郸。然后，他被燕国太子相中，以大任相托。

林冲被流放的沧州，与燕、赵、齐三国交界处很近。大运河流经那里，并且直通梁山一带。

人高马大的山东大汉，加上具有浪漫主义情怀的燕赵悲歌士，这大约就是梁山泊好汉的形象了。

远征南方

《水浒传》的后半部分，曾经的起义军变成了官军，没有了那种惩贪除暴的痛快。而且，好汉们接连死去，主角级别的明星退出了舞台，让人感到寂寞。

与辽的战争算是对外战争，倒也罢了；田虎、王庆与曾经的他们一样，都是起义势力。

讨伐起义势力的战斗中，最后的敌人是方腊。而且，故事的发生地还是南方地区，是作者施耐庵的主场。

成为官军以后，宋江有了一种如释重负的感觉，但其部下中却有不耐官军规矩烦琐之人。

接受招安后，宋江集团只是被用于讨伐，并没有获得高官显位。剿灭田虎、王庆势力后的元旦贺宴上，宋江和卢俊义的席位也很靠下。他们从早朝时就入了列，直到中午，皇帝赐下的御酒才轮到他们。围绕在天子身旁的，是未建寸功的大官，由他们向皇帝祝贺圣寿。宋江的心中充满了愤懑和屈辱，即便回到同伴那里，心情依旧不快，以至于黑旋风李逵说出了“再上梁山泊去，却不快活”。水军将领们也把军师吴用叫来，商量不如洗劫汴京，返回梁山。过去大家自在快活，自从成为官军以后，处处都是规矩。即便打败王庆、返回都城，却依然被禁止进入城内，大家对此都很愤慨。虽然宋江百般支罩，但众好汉的不满随时都要爆发。

如果就这样发展下去，梁山泊的军队就要分崩离析了，但讨伐方腊的行动将他们再次团结起来。这一次不是以接受朝廷命令的形式，而是宋江等人一同请愿。

方腊起义的主要地点在浙江，那是作者施耐庵担任过两年地方官的地方，他对那一带是有了解的。

在第一百一十回中，作者以尽地主之谊一般的架势，要做读者的导游，连《白蛇传》里的金山寺都加进来了。

把守润州城的是方腊的部下吕师囊，他在那里设置了绰号为“江南十二神”的统制官：

擎天神　福州沈刚

游奕神　歙州潘文得

遁甲神　睦州应明

六丁神　明州徐统

霹雳神　越州张近仁

巨灵神　杭州沈泽

太白神　湖州赵毅

太岁神　宣州高可立

吊客神　常州范畴

黄幡神　润州卓万里

豹尾神　江州和潼

丧门神　苏州沈抃

观察这个清单可以发现，十二名统制官分别被冠以不同的地名，这应该是他们的出身地，而他们的部下肯定是各自出身地的人。由此可以看出，方腊起义已经发展到南方的广大地区。

此外，统制官的绰号里有“神”这个字，暗示着这场地域广阔的起义中的人们是在宗教性的理想下聚集到一起的。

北方的宋江等人的梁山泊起义和南方的方腊之乱，可以说是北宋末期起义的双璧。

北方的起义势力是逃亡者团结到一起组成的集团，并没有什么理念，维持集团的是兄弟义气。燕赵悲歌士们相遇联手，在梁山泊上树起反旗。支撑他们内部团结的，只是一种名为“义侠”的空泛情怀。由于太过空泛，它作为黏合剂并不十分牢靠。在讨伐完王庆之后，集团面临四分五裂的危机。

“又有仗要打了！”

这是他们重新团结起来的契机。这样看来，与其说是“侠义豪情”，不如说是“共同的行动”使他们团结一致。对于他们来说，“恶”是静止的，“善”要主动出击。

方腊的叛乱则是宗教团体发起的，而且还不是中国本土宗教，而是在武则天时代（一说为北魏）传入中国的摩尼教。

史书中称方腊是“喫菜事魔”，说他们是效忠恶魔的素食主义者团体。

在他们眼中，除了自己信仰的神以外，其他神都是恶魔。至于素食主义，是因为不得杀生的缘故吧。

摩尼教是公元3世纪一个出生于巴比伦的叫摩尼的人所创立的宗教，其基础是琐罗亚斯德教。琐罗亚斯德教是一个将世界分为善与恶，或光明与黑暗的二元论宗教，但主张善最终能战胜恶，光明最终能战胜黑暗。

然而，摩尼教却是一个彻底的二元论宗教，认为善与恶是永不灭亡的，所以它们不是一方战胜另一方的关系。其教义为从过去至现在至未来，善就是善，恶就是恶。由于琐罗亚斯德教是古代波斯帝国的国教，因此打压提出异议的摩尼教。教主摩尼不仅被杀，据说他的尸体还被取出内脏，塞进了稻草。

其信徒也受到打击，流散各地。从初唐至盛唐年间，中国对宗教信仰的政策比较宽容，人们的宗教信仰自由很有保障，首都长安聚集了来自各国的人。

那时，佛教空前繁荣。基督教的聂斯脱里教派在中国被称为“景教”，其教堂被称为“大秦寺”（罗马的寺庙）。琐罗亚斯德教被称为“祆教”，寺院被称作“祆祠”。摩尼教自然是按照发音而得名。沿着丝绸之路一路进入中国，摩尼教获得了不少信徒。吐鲁番盆地的高昌故城遗址中也出土了摩尼教的经典。

到了9世纪中叶，唐武宗开始打压宗教。由于是会昌年间（841—846）发生的事情，此事在佛教界被称为“会昌法难”。但受到打击的不仅是佛教，除了道教以外的一切宗教都被禁了。基督教、琐罗亚斯德教、摩尼教无一幸免。从此，基督教和琐罗亚斯德教在中国基本消失了。由于它们本来就是住在中国的外国人的宗教信仰，即便建立教堂，也只是以其为自己信仰的据点，并没有积极地向外传教。

然而，唯独摩尼教遁入地下，并且存活至今。也许是因为在发源地就曾被打压过，所以应对打压的能力比较强。

喫菜事魔的摩尼教存活了下来，并且在北宋末年发起了大规模起义。从以宗教名义发动起义的角度来看，北宋末年的摩尼教起义与清末的太平天国运动属于一类。

把他们团结起来的，不是像水浒好汉那样的侠情或共同行动，而是历经打压磨炼出的坚定信仰。

起义的原因，自然还是因为苛政猛于虎。扬州是长江下游地区的盐业中心，政府对盐课以重税。盐是生活必需品，没有盐是万万不行的。因此，私盐泛滥就是理所当然的事情。政府严厉打击私盐贩卖，于是私盐贩子互相联合，武装起来反抗政府。

梁山泊和方腊都面临这种经济上的问题，但支撑他们的背后力量却是不同的。

《水浒传》中讨伐方腊的战斗，可以说是由豪侠们组成的前起义势力讨伐宗教起义势力之间的战斗。后者虽然在宗教信仰的力量下十分团结，但可惜其行动缺少一点计划性。有人建议方腊占领南京，建立革命政权。方腊答复，他憎恨残民以逞的官僚，但自己也不愿意取代他们，不愿成为和他们一样的官僚。

既然要起义，就得有斗争到底的觉悟。没有这种觉悟，就不会有长远的目标，因而也就没有计划性。在决心这方面，宋江和方腊集团可以说是五十步和百步的关系。

方腊势力是被宋江军独力打败的，这是《水浒传》的演义。虽然北宋的讨伐军中可能有投降的前起义势力，但他们不会是主力。北宋为征讨方腊出动了大军，而且还是神速出兵。实际上，当时北宋朝廷为了发动对辽国作战而进行了大规模军事动员。恰值此时发生了方腊起义，于是朝廷命已经动员起来的大军直接奔赴南方，剿灭方腊。应该说，方腊起义的时机不对。

英雄末路

《水浒传》最后以讨伐方腊落幕。宋江遭人猜忌，被毒酒杀害；鲁智深则在面向钱塘江的六和塔中坐化。我曾经去过六和塔，感怀《水浒传》众好汉们的结局。关于这个话题，我撰写了几篇文章，在此为避免重复，仅将其中的一部分引用于下。

> 由于死于六和塔的好汉只有寥寥数人，以此地为水浒英雄的末路之地也许是有问题的，但是捉拿了方腊的鲁智深死于此塔。将这里作为居功至伟的花和尚的葬身之地，是作者的某种致敬吗？总之，故事完结于此地。如果将此地形容为英雄的最后之地有失准确的话，也许可以说是故事的最后之地。六和塔共十三层，坚实牢固。这座高达六十多米的巨塔，让我产生了一种十分伤感的情绪。

浙江，尤其是杭州，塔很多。其中，这座六和塔是曾经与西湖湖畔的雷峰塔并称的名塔。之所以说“曾经”，是因为六和塔现今仍在，而雷峰塔则已经于1924年倒塌。

从雷峰塔所在的西湖，到与水浒故事有渊源的六和塔，约二十分钟车程。雷峰塔已经不复存在，而其倒塌的原因，是因为附近百姓迷信，相信拥有塔砖就能大富大贵，于是经常偷塔砖的缘故。高的地方没法偷，所以靠近地基的部分就逐渐被抽空了。之后有一天，塔就突然倒塌了。但是从这个原因来看，地基部分可能一开始就有许多缝隙，本来也是总有一天会倒塌的。鲁迅有一篇著名文章——《论雷峰塔的倒掉》。

与雷峰塔相比，六和塔感觉要牢实得多。虽然塔身是砖砌的，但其周围是木造。木造的部分曾经因失火而焚毁，后来又在外侧得以补建。砖并不是起初就露在外头的，而是隔着一道厚墙，就算想取砖也是取不出来的。而且，这座六和塔一开始是九层，后来改建为十三层。层与层之间的间隔变小，不仅提升了结实度，而且仔细看去，造型也别有韵味，可以说是匠心独运之作。

一想到花和尚鲁智深之死，不由得感觉六和塔与鲁智深有些神似之处。京剧中的鲁智深也是一个心宽体胖的大汉形象。虽然《水浒传》曾无数次地登上戏剧舞台，但恐怕鲁智深从未以足智多谋的形象出现过。与唐三藏有渊源的西安大雁塔是一座高六十四米的高塔，高度与六和塔相近，但大雁塔是四角形的，有一种极为洗练的简约美。六和塔由于是八角形的，而且各层的屋檐都向上翘起，看上去像高高挺起的肩膀一样，这也跟鲁智深有一些神似。

六和塔面临钱塘江。当杭州湾涨潮时，海水会与钱塘江的河水碰撞到一起，引发巨浪，这就是著名的钱塘潮。鲁智深就是听到了海潮的声音，突然悟到自己应该死于此地，于是焚香坐禅，静静地原地坐化了。对于这位粗犷狂暴、敢作敢当的大汉来说，这样的结局还真是令人意外。但是，直到最后他的童心都没有泯灭。从这个意义上说，也许他的一生即便在高僧面前也无须自惭形秽。

钱塘潮是有固定时节的，我去的时候未能赶上撼天动地的海潮。本世纪初，抱有革命激情的留学日本的中国青年，在东京发行了名为《浙江潮》[1]的杂志。当年钱塘潮令鲁智

1　1903年中国留学生浙江同乡会成员蒋百里、厉绥之等人在日本东京创办的大型综合月刊杂志，宣传反清的民族主义思想，抨击帝国主义对中国的侵略，传播西方社会政治学说，宣传爱国主义精神。

深彻悟，并平静地接受了自己的死期，如今又令20世纪的中国青年燃起革命斗志，这深深打动了我。平静的死与激昂的生，看似截然相反，其实可能本质相通。

六和塔的所谓“六和”，指的是身和、口和、意和、戒和、见和及利和。六合寺历史悠久，建塔是在宋开宝年间（968—975）。后来寺名改为开化寺，塔名则未改，一直传用至今。

水浒好汉中死于六和塔的，不止花和尚鲁智深一人。宋江等人在征讨方腊胜利之后，从此地凯旋回京，但豹子头林冲患了中风，就留了下来。为了照顾林冲，行者武松也留了下来。武松重情重义，值得赞赏。林冲于半年后去世之后武松也没有离开那里，而是出家了，最后以八十岁天年而终。他后来的故事不禁让人心生好奇。此外，病关索杨雄和鼓上蚤时迁也病死于那一带。

另外，混江龙李俊、出洞蛟童威、翻江蜃童猛等人拒绝凯旋回京，尝试去外国发展，前往化外国。后面的故事还特意提及李俊当上了暹罗国王。

百姓对这些陪他们同行许久的英雄人物产生了感情，急切盼望能听到他们后来的故事。几百年后的明末清初，《水浒后传》问世了，作者是一个叫陈忱的人。近年《水浒后传》还被翻译成了日文版（收录在平凡社的东洋文库中）。当然，故事的主人公是李俊。

今天的人民文学出版社出版的《水浒传》是七十一回本，招待我们的旅行社的人读的也是这个版本，所以他们似乎不知道关于六和塔的事情。

六和塔的下面就是钱塘江河口，那里横跨着一座钢桥。南京和武汉也有横跨长江的大桥，但那是新中国成立后建造的，而这座钱塘江大桥却是新中国成立前所建。新中国成立前的大桥多为外国人修建，但这座钱塘江大桥却是第一座真正由中国人设计并施工建造的钢结构桥梁。我们在六和塔前的广场上听旅行社的人介绍的内容，主要是关于这座大桥的。据他们介绍，这座大桥为后来的南京和武汉的大桥的修建提供了宝贵经验。不过遗憾的是，旅行社的人没有提到《水浒传》。

钱塘江大桥确实是中国人的骄傲。但是不能忘记的是，数百年来《水浒传》的故事也一直激荡着中国人的心灵，丰富着他们的文化生活。而对于同样使用汉字、阅读汉语书籍的日本人来说，不也是如此吗？我仰视六和塔，眺望着钱塘江，一时竟不忍离去。